華舞鬼町おばけ写真館
送り提灯とほっこり人形焼

蒼月海里

角川ホラー文庫
20901

目次

華舞鬼町おばけ写真館

送り提灯とほっこり人形焼

久《く》遠《おん》寺《じ》那《な》由《ゆ》多《た》
人間関係が苦手な大学生。
素直になれない性格。
ポン助《すけ》
カワウソの子どもでアヤカシ。
千葉県産のピーナッツが好き。
狭《はざ》間《ま》堂《どう》
華舞鬼町で雑貨屋兼町の総元締め。
迷い人を導く役目を担う。

人物紹介

百代《ひゃくだい》円《まどか》
華舞鬼町の新聞記者。
狭間堂に異様に執着している。
正体は目競。

ハナ
可憐な大正女子だが、
正体は東京交通局６０００形電車
６０８７（都電）の付喪神。

イラスト／六七質

イラスト／六七質

第一話　那由多と利根川の友だち

終わった。

夏の日差しを感じながら、僕は大学の校門から出た。

「終わったね、那由多《なゆた》君……！」

隣で、翔《しょう》君も目を輝かせている。僕らと同じように校門を出る学生達の表情も、心なしか解放感で満たされているように見えた。

「そうだね。ついに、前期試験が全部終わった……。ということは……」

「夏休みだ！」

僕と翔君でハイタッチをする。お互いに汗だくの手だったけれど、全く気にならない。

「後期が始まるのって、まだまだ先だよね。長い夏休みだなぁ。翔君は、何して過ごすの？」

「僕は……母さんの実家に。おじいちゃんが畑を持っててさ。しばらく手伝うことになると思う」

「へー。大変だね」と、僕は駅に向かいながら相槌《あいづち》を打つ。

「そうでもないよ。半分、観光みたいなものだしさ」

「何処なの？」

「鹿児島」

「遠っ」

思わず、声が裏返る。翔君は、「まあね」と苦笑した。

「飛行機で行くんだ。おじいちゃんの家には、そこから車でしばらく行って、ようやく着く感じかな」

「うちは転勤族だけど、鹿児島には行ったことないなぁ」

「良いところだよ。鹿児島旅行をする時には、案内するよ」

僕よりひょろっと背の高い翔君は、人が好《よ》さそうな笑顔でそう言った。

「ありがと。でも、夏休み中にはあまり会えないのか」

「タイムラインでなら会えるよ」

翔君は、携帯端末を掲げる。

そうだ。ＳＮＳならば、いつでもどこでも会えるじゃないか。

「鹿児島の写真、よろしく」と僕は親指を立てる。

「うん。新鮮な野菜の写真をいっぱい撮るよ」

「観光地！　野菜も悪くないけど、観光地がいいよ！」

鹿児島の野菜の良さだけ伝わって来ても、お腹がむやみに空《す》くだけだ。

「冗談だよ。観光地も撮るって。あと、おばあちゃんが飼ってる犬も撮るから」

「それは動画でよろしく」

「勿論《もちろん》」と翔君は頷《うなず》く。

大学は大通りに面している。自動車がひっきりなしに行き交い、それがゆえにかなり暑い。遠くに見える交差点は、もやでもかかったかのように揺らいでいた。

「陽炎《かげろう》が出てる……」

「……コンビニでアイスでも買う？」

翔君は汗を拭《ぬぐ》いながら問う。

「ううん。僕はいいや。お金を貯めないといけないし」

「へぇ？」と翔君は興味深そうな声をあげた。

「コミケの軍資金にするんだ」

「へぇ……」と翔君はよく分かっていない雰囲気で首を傾げた。

しまった。翔君はそこまでサブカル男子じゃないのか。

「コミケって、あの、同人誌なんとかってやつ？　ニュースで見たことあるよ。すごく混むんだってね」

「あ、う、うん」

「あそこで何を買うの？」

「同人誌……」

「同人誌って？」

ああ、そこからか。

僕は天を仰ぐ。建ち並ぶビルの向こうに、真夏の真っ青な空が見えた。

「えっと、アマチュアが個人出版してる本……かな」

「それを求めて、あんな人だかりが出来るんだ。すごいね。でも、それだけ人気があるのに、プロにはならないの？」

「それぞれの事情もある……感じかな。まあ、プロも参加してるし、そこからプロになる人もいるみたいだけどさ……」

僕はそうやって、詳細を濁す。だんだん、翔君の顔が見られなくなってきた。早く次の話題に移らなければと、必死に頭をフル回転させる。

だが、そんな僕の努力も虚しく、翔君はとんでもないことを口にした。

「コミケかぁ。僕も行ってみたいな」

「いけません！」

思わず声を張り上げる。しかも、何故か丁寧語で。

「いいかい？　コミケは戦場。灼熱《しゃくねつ》の太陽の下、始発の電車で会場までやって来た戦士達が並ぶところからがもう地獄。海は近いけど、海風は熱風だし、アスファルトはお好み焼き屋の鉄板。そこで数時間熱された戦士達が会場になだれ込めば、会場が熱気に包まれて更に地獄になるんだ。そりゃあもう、人の熱気で霞《かすみ》がかかるほどにね。人はそれをコミケ雲って呼んでるね。そこから、壁サークルは長蛇の列だし、通路は人がせめぎ合って満員電車のようになる。肌と肌が触れあい、お互いが汗まみれになるっていうこれがもう、地獄オブ地獄。企業ブースもまた、人気商品が次々と完売になったり、在庫がある商品が完売になったという偽りの情報が飛び交ったり、高度な情報戦が繰り広げられるんだ。興味本位で行くような場所じゃないよ」

そこまで一気にまくし立てると、流石に息が切れて来た。肩で息をしている僕を、翔君は目を丸くして見つめている。

「そ、そんな地獄に、どうして那由多君は行こうとするの……？」

「その先に…………極楽があるからさ」

僕は思わず微笑んだ。翔君の顔が引きつる。

「凄《すご》い……。今までで一番いい笑顔を見た気がする……。よく分からないけど、人を惹《ひ》きつける何かがコミケにあるってことだけは分かった」

「うん。翔君にとって、コミケが必要となった時には僕に言ってよ。事前に飲み物や携帯食料を購入しておくべきとか、装備はどれがいいとか、教えてあげられると思うからさ」

「本当に……戦場なんだね……」

翔君は、僕から少しだけ距離をとった。心の距離が、ぐんと離れてしまった気がする。

「そのコミケって……いつやるの？」

「お盆の辺り。地獄の釜《かま》の蓋《ふた》が開くのと同じ時期かな」

「その頃は、鹿児島にいるからなぁ……」

「まあ、その方が安全だと思うよ」

僕は、ただでさえ観光客が多い会場周辺が、凄《すさ》まじい人だかりになるのを思い出しながら頷いた。

花火大会が重なった時は、美少女が描かれた紙袋を持った汗だくの戦士と、浴衣《ゆかた》姿の女の子達がもみくちゃになって、大惨事だったものだ。戦士側の僕としては、着飾った女の子達を泣かせたくはない。

「あ、そんなことを話してたら、着いたね」

翔君の言葉に、僕は現実に引き戻される。

いつの間にか、最寄りの駅に着いていた。

水道橋《すいどうばし》駅と書かれた入り口が見える。高架橋の上を、総武《そうぶ》線の車両が走っていた。

高架橋が影を作っているので、その下は若干涼しい。胸を撫《な》で下ろしながら、僕はパスケースを取り出そうと、鞄《かばん》の中に手を突っ込む。

「あれ?」

翔君の声に、手が止まった。思わず、翔君の視線の先を追う。

「あっ……」

その先に、女の子が座り込んでいた。白いワンピースを身にまとい、大きなつばの白い帽子をかぶっていた。そこから覗《のぞ》く黒い髪は短く、肩にかからないように切り揃えられていた。

駅舎の支柱に、寄りかかるようにして腰を下ろしている姿は、どう見ても具合が悪そうだ。僕と翔君は顔を見合わせると、その女の子に駆け寄った。

「だ、大丈夫ですか?」

翔君が声を掛ける。

すると、女の子はわずかに顔を上げる。帽子のつばの下から見えたその貌《かお》は、やたらと美人だった。

黒目がちの双眸《そうぼう》と、ふっくらとした唇に目が行ってしまう。肌は抜けるように白く、まとう雰囲気は涼しげで、水の妖精《ようせい》がいたらこんな感じなのかもしれないとすら思った。

だが。

（なんだか、生臭いぞ……！）

解せないにおいがする。

つんと鼻を衝《つ》くのは、魚屋のにおいだ。新鮮な魚を扱っている魚屋さんからこのにおいがするのは全く以《も》って自然なことだが、女の子からするのは不自然だった。

「熱中症かな……」

翔君は鼻が詰まっているのか気にしていないのか、かがみ込んで女の子に目線を合わせる。すると、女の子の唇が動いた。

「み、水……」

「喉《のど》が渇いたんですね。分かりました、待ってて下さい」

翔君は立ち上がり、僕の方を振り向く。

「どうしよう。兎《と》に角、駅員さんを呼んで来ようか。駅で休ませた方が良いかも……」

そこならば、水も出してくれるだろうし。と呟《つぶや》く翔君だったが、僕の視線は彼女に釘《くぎ》付けだった。

彼女の細腕は、力なく垂れている。

それは分かる。彼女が弱っているからだ。だが、その先にある繊細そうな手に、水かきがついているのは、更に解せなかった。

「まさか……」

浮世離れした美少女。妙に生臭く、水を要求する様子。そして水かき。

これらが、僕の中で直感的に結びついた。

「あーっ、翔君。この人、僕の親戚《しんせき》の妹——従妹《いとこ》だ！」

僕はとっさに、女の子と翔君の間に立ちふさがる。

「えっ。那由多君、そんな美人の従妹が……」

「うんうん。翔君にも紹介したかったんだけど、ちょっと熱中症でやられてるみたい。あとは僕に任せて」

そう言って、翔君の肩を摑《つか》むと、改札口の方へと回れ右をさせる。

「で、でも、もし家に運ぶんだったら手伝うよ」

「大丈夫。大丈夫だから！」

翔君の優しさが、良心に痛い。もし、彼がコミケデビューをするならば、僕は全力でサポートしなくては。

翔君は何度も振り返りながら、改札の向こうの雑踏へと消えて行く。その後ろ姿を見送った僕は、ぐったりとした美少女の方へと向き直った。

「す、すいません。お待たせしました……！」

僕は女の子に頭を下げる。女の子の目はもう、虚《うつ》ろだった。

「えっと、アヤカシの方ですよね。何処から来たんですか？」

「と……利根《とね》川……」

「利根川って、千葉県とか茨城県の方だっけ……」

僕の呟きにも近い言葉に、彼女は力なく頷《うなず》いた。

「流石に、そこまで運ぶのは無理なんで、取り敢《あ》えずは、華舞鬼町《かぶきちょう》まで運びますね」

このまま、駅の休憩室や病院にでも運ばれたら大変だ。彼女は水かき以外にも、色々と人間と違うはずである。特に、病院で検査されたら、とんでもない騒ぎになるに違いない。

彼女に肩を貸そうとして、手を取る。手はひんやりとしていて、妙に湿っていた。水からあがったポン助《すけ》が、ちょうどそんな感じだ。

「失礼かもしれませんが、どんなアヤカシなんですか……？」

何とか肩を貸すと、美少女は僕にもたれかかる。綺麗《きれい》な貌が間近にあるのにはドキッとしたけれど、生臭さが全てを台無しにしてくれた。密着すると、沼にでも放り込まれたような気分になる。

「……河《かっ》……童《ぱ》」

耳元でそっと囁《ささや》かれる。彼女の吐息が耳をくすぐるものの、沼から吹いて来た風に撫でられたような感覚しかなかった。

「ああ、なるほど……」

河童だということに心底納得しつつ、境界を探す。肩を貸しているものの、彼女の背が女の子にしては高めなのと、僕がそれほど大きくないお蔭《かげ》で、無理なく運べる。

（せめて、お姫様抱っこが出来るくらいだったら、格好がついたんだけどなぁ）

心の中でそんなことをぼやきながら、僕は河童の女の子を連れて、水道橋駅の裏手から境界に入り込んだのであった。


華舞鬼町の日差しも、浮世ほどではないにしろ、眩《まぶ》しかった。道がアスファルトではないのが、せめてもの救いか。

狭間堂《はざまどう》さんがいる雑貨屋は、入り口からそれほど遠くない。僕が河童の女の子を担ぐようにして歩いていると、店先で掃除をしていたハナさんがすぐに見つけてくれた。

「あらあら。那由多さん、こんにち——はっ、その方は、どうされたのです？」

ハナさんは箒《ほうき》を壁に立てかけ、駆け足でやって来る。

「河童みたいです。利根川から来たらしいんだけど、水道橋でぐったりしてて……」

「それは大変ですわ！　浮世は暑かったでしょう。早く、こちらにお上がりくださいな！」

ハナさんは河童の女の子をひょいと抱きかかえると、物凄《ものすご》い勢いで走っていく。いとも簡単に、お姫様抱っこをして。

「流石は都電……」

僕はぽかんとしてその背中を眺めていたが、ハッと我に返って後を追う。僕が雑貨屋に入る頃には、河童の女の子は奥の座敷に横たえられていた。

「あ、那由多君！」

女の子の様子を心配そうに見ていた狭間堂さんが、こちらに気付く。手招きをされたので、「お邪魔します」と中へ入った。

真っ昼間だからなのか、暑いからなのか、偶々《たまたま》なのか、店内には他にお客さんはいなかった。お陰で、女の子を寝かせるスペースが充分にある。

「那由多君、ありがとう。弥々子《ねねこ》さんを、ここまで連れて来てくれて」

「この河童さん、弥々子さんっていうお名前なんですか？」

「そうだよ」と狭間堂さんは、横たえられた弥々子さんを見つめる。

帽子を取った弥々子さんの頭頂部には、醬油《しょうゆ》皿ほどのお皿があった。それを見て、本当に河童なんだなと確信する。

だが、お皿はカラカラに乾いていた。河童は確か、お皿に水が入っていないといけないはずだ。

「水は……！」

「ハナさんが汲《く》みに行ってくれてる」

狭間堂さんは、弥々子さんの手をしっかり握っていた。

「弥々子さんはね、僕の故郷の近くに住んでいるんだ。大事な、郷里の友達でね」

弥々子さんの頬はすっかり紅潮し、辛《つら》そうに肩で息をしている。高熱でうなされているみたいだった。

「それが、どうしてここに……？」

僕が狭間堂さんに問いかけると、弥々子さんが薄く双眸《そうぼう》を開いた。

「それは……彼方《かなた》ちゃんに会いたくて……」

「彼方？」

僕が首を傾げると、「僕の本名だよ」と狭間堂さんが答えた。

「だからって、こんな無理をしなくても……。常世経由で電車も出ているじゃないか」

「そうね……。でも、浮世も見てみたかったの……。東京って、利根川周辺と比べ物にならないくらい、華やかだって聞いたから」

「そりゃあ、あの辺とは比べ物にならないほど都会だけどさ……。その分、空気はそんなに良くないし、水だって……」

狭間堂さんの横顔が、悲しげに歪《ゆが》む。

ああ、この人は本当に弥々子さんのことが心配なんだ。僕も何か出来ないかとキョロキョロしていると、ハナさんが物凄い勢いで戻って来た。

「水を汲んで来ましたわ！」

「ありがとう。弥々子さんのお皿にかけて」

「了解ですっ」

腕まくりをして髪を振り乱したハナさんが、水の入った桶《おけ》を持って座敷に上がる。

狭間堂さんが弥々子さんの上体を起こし、ハナさんがその頭頂部に向かって水を注いだ。

桶いっぱいに汲まれた水は、小さなお皿から溢《あふ》れると思いきや、どういう原理か、お皿の中に吸い込まれていく。僕達は、黙ってその様子を見守っていた。

「ん……、ああ……、死ぬかと思った……」

安堵《あんど》のため息とともに、弥々子さんがそう呟《つぶや》く。虚《うつ》ろだった目には光がわずかに戻り、ぐったりとしていた身体は、少しだけしゃんとしてきた。

「ごめんなさい。心配をかけてしまって」

弥々子さんはぺこりと頭を下げる。水がこぼれないか心配だったけれど、絶妙な角度でそれを免れた。

「久々の都会で、ちょっとはしゃぎ過ぎちゃったみたい」

弥々子さんは、頬にかかる髪をそっとかき上げる。見た目は、僕と同じ年齢か、年下程度に見える。でも、雰囲気と仕草は、大人の女性そのものだった。そのアンバランスさが実に危うく、僕はドキドキしてしまう。

「弥々子さんらしいっていうか、逆に元気そうで何よりっていうか……」

狭間堂さんも安心したようだ。

「本当は、常世経由で華舞鬼町に来たの。そこで、町のひとに雑貨屋の場所を聞いたら、まだ開店時間じゃないって」

「それ、いつぐらいの話？」

狭間堂さんの声色が変わる。ピリッとした空気に、僕は息を呑《の》んだ。

「お昼の鐘が鳴る前ね」

「そうか……」

ハナさんもまた、不安そうな顔をしている。僕もその話に、違和感があった。

「午前中でも、狭間堂さんは店を開けてますよね」

「うん。流石に、早朝は閉めてるけどね。それでも、起床したらさっさと開けるようにしているし、用事があったら叩《たた》き起こしてくれって、みんなには言ってあるんだ」

「二十四時間営業……」

「まあ、総元締めだしね。厄介ごとがあったら、僕が何とかしないと」

狭間堂さんは、何ということもない風に笑った。実に頼もしい笑顔だ。華舞鬼町の住民が頼りにする気持ちも、よく分かる。

「それじゃあ、住民じゃないひとが応対したってことですか？」

「……………」

狭間堂さんは黙っていた。考え込んでいる様子だが、怒っているようにも見えた。

「弥々子さん、その話をしたのって、どんなひとだった？」

「人間の女の子よ。見た目はね。でも、気配は常世のものだった。水のアヤカシじゃないと思うけど」

僕が知らない相手だろうか、と黙ってことの成り行きを眺める。

「……もう少し、詳しく覚えてる？」

「あっ、その子は悪くないの。私がはしゃいだだけだから。でも、お蔭《かげ》様でもう、平気――」

弥々子さんは、そう言って立ち上がろうとする。しかし、急に脱力して、へなへなとしゃがみ込んでしまった。

「あ、あれ……？」

「常世の水だけじゃあ、元気が出ないのかもしれないね。今の弥々子さんには、ハレの気も必要なのかもしれない」

狭間堂さんは、難しそうな顔をする。

「浮世の水、持って来るよ」

「ぼ、僕が行きます」

立ち上がる狭間堂さんに、僕は思わず声を掛ける。

「えっと、僕も、何か出来たら良いな……って」

遠慮がちにもそもそと続ける僕に、狭間堂さんは穏やかに微笑む。

「ありがとう、那由多君。でも、浮世でミネラルウォーターを買って終わりというわけじゃないんだ」

「どういうこと……ですか？」

正に、ミネラルウォーターを買って来るという手段に出ようとした僕は、目を瞬《しばた》かせながら尋ねる。

「必要なのは、人の手で綺麗《きれい》になった水じゃない。自然の水なんだ」

「で、でも、東京の水って……」

水道橋駅のすぐそばを流れている、神田川《かんだ》を思い出す。一時期よりは綺麗になったと言われるものの、あの澄んでいない上に、偶に妙なものが浮いている水を弥々子さんに掛けたくはなかった。

それは狭間堂さんも同じだったようで、僕の心を読むかのように、静かに頷《うなず》いた。

「まあ、あまり綺麗とは言えないね。奥多摩《おくたま》の方に行くと水もかなり澄んでいるんだけど、華舞鬼町の出口から、水源に直接出れる自信がない」

華舞鬼町の出口から浮世に行くには、行きたい浮世の場所を正確に思い描かなくてはいけない。雑念が入ると別のところについてしまうという話を聞いてから、僕は恐ろしくて熟知した場所以外にはいかないようにしていた。

「それに、山の方になって人間の住まいが少なくなると、その分、境界も少なくなるしね」

「すぐに帰って来れなくなるかもしれないってことですよね……」

「そういうこと」と狭間堂さんは頷いた。

「ごめんね。迷惑をかけちゃって……」

弥々子さんは、ぺたんと座りながらしょんぼりとしていた。

「大丈夫」

狭間堂さんは、弥々子さんを励ますように、力強くそう言った。

「僕はもう、何年もこの街の総元締めをしているからね。弥々子さんに最後に会った時よりも、ずっと逞《たくま》しくなったさ」

「うん……。それは分かる。彼方ちゃん、すっかり背も伸びて、大人っぽくて逞しくなったもの」

弥々子さんの言葉に、狭間堂さんは照れくさそうに眉尻《まゆじり》を下げる。しかし、こう付け足すのを忘れなかった。

「弥々子さん、今の僕は狭間堂。華舞鬼町にいる時は、そう呼んでほしいな」と。

弥々子さんのことと店はハナさんに任せ、僕と狭間堂さんは店を出る。

「どうするつもりなんですか？」

「那由多君、お祖父《じい》さんのカメラは持っているかい？」

狭間堂さんに問われ、僕は鞄《かばん》の上からカメラに触れる。祖父の遺《のこ》したカメラは、お守りのようなものだ。大学に行く時も一緒だった。

「持ってます」

「それじゃあ、那由多君の力、借りても良いかな」

「勿論《もちろん》！」

僕が大きく頷くと、狭間堂さんはにっこりと微笑んだ。

「良い返事だ。それじゃあ、今回のミッションを説明するよ」

狭間堂さんは、華舞鬼町の出口に向かいながら話し出す。

「僕達が探すのは、天然の比較的綺麗な水だ。ただし、山の方で汲《く》んで来るには、行き帰りに多少の問題がある。それに比べて、都心で汲むのならば境界は多いし、比較的土地勘があるから何処にでも行けるし、何処からでも帰れる」

「でも、都心には綺麗な水が無いんじゃあ……」

「あるんだよ」

「えっ」と声をあげる僕に、狭間堂さんは片目をつぶってみせた。

「かなり開発されて、かつての姿が見えなくなってしまっているけれどね。でも、あちらこちらに痕跡《こんせき》はあるのさ。おとめ山だってそうだったろう？」

「あっ……！」

かつて、お婆さんの生霊を案内した場所を思い出す。あそこにも湧き水があったはずだ。

「あそこに行けば、良い水が手に入りますね！」

「ただ、あの周辺はかなり賑《にぎ》わってるからね。ハレの気が強過ぎても、あんまりよくないかもしれない」

「え、そういうものなんですか？」

「そういうものなんだよ。たとえば、三日間お腹を下して苦しみ、おかゆとゼリーしか食べられない生活をした後に、いきなりカツカレーを食べたらどうなると思う？」

「お腹がびっくりしますね……」

「そういうことさ。弥々子さんが元気な時ならば、おとめ山の水なんかはお勧めなんだけど」

狭間堂さんは眉尻を下げる。

「それじゃあ、普通の湧き水は駄目ってことなんですか……？」

「保護されたり知名度が高過ぎたりする湧き水は、それだけハレの気もいっぱい集めているだろうし、弥々子さんのお皿もビックリしそうだね。でも、マイナーな湧き水ならば大丈夫」

「マイナーな湧き水って……。そんなの、あるんですか？　というか、探せるんですか……？」

「これから探すんだよ」

狭間堂さんは、にやりと笑った。成程、そのためのカメラか。

「大丈夫。幾つか、目星はついてるからね」

狭間堂さんは、袂《たもと》から古い紙を取り出す。

折り畳まれているそれを広げてみると、地図だということが分かった。

「昔の東京の地図……ですか？」

「そう。明治《めいじ》の地図だよ」

見るかと言わんばかりに差し出すので、その厚意を有り難く受け取る。

浮世ほどでなくても、華舞鬼町もそこそこ暑い。水路の辺りでは、獣の頭をしたアヤカシが団扇《うちわ》で扇ぎながら涼を楽しんでいる。のっぺらぼうは、汗だくになりながら人力車を引いていた。目が無いので、汗が入らないのが唯一の救いか。

「那由多君」

出口まであと少しというところで、狭間堂さんが唐突に止まる。片手にはいつの間にか扇子を構え、声には緊張感が漂っていた。

「狭間堂……さん？」

僕は不思議に思うものの、彼の視線の先を見て納得した。

境界を主張する街灯の前に、人影が佇《たたず》んでいた。

セーラー服の、少女である。

真っ昼間だというのに、そこだけ闇に包まれたかのように、服も髪も黒かった。炎天下なのに黒いタイツを穿《は》き、唯一、セーラー服のリボンと靴だけが牡丹《ぼたん》のように赤かった。

真っ直ぐな髪は弥々子さんよりも長く、腰の辺りまである。じっとりとした不敵な微笑を浮かべていて、中身がただの少女ではないことが容易に知れた。

「知り合い……ですか？」

僕はまともに目を合わせられず、つい、狭間堂さんの後ろに隠れてしまう。

「そうだね。那由多君も……会ったことがあるはずだよ」

記憶にない。こんなにインパクトのある美少女を一度でも見たのならば、しばらくは夢に出て来そうだ。

「弥々子さんを浮世に誘ったのは、君かい？」

「真っ先に、こちらに来ると思っていたのだがね」

少女はそう言って、大袈裟《おおげさ》に肩をすくめる。

「君がしたとは、思いたくなかったから」

「総元締め殿は、何とお優しい。その優しさが命取りになるんじゃないか？」

少女は皮肉めいた笑みを浮かべる。その表情と、少し気取った口調に、既視感を覚えた。

「因《ちな》みに、あの弥々子河童《がっぱ》を見つけたのは、那由多君――君かな？」

「はひっ」

少女にいきなり話しかけられて、思わず声が裏返る。

僕の返事に、少女はにっこりと微笑んだ。その、威圧的で裏のある笑顔が、実に恐ろしい。

その双眸《そうぼう》から放たれる視線は鋭く、心臓が鷲摑《わしづか》みにされそうだ。僕は、少し見ただけで、すぐに目をそらしてしまった。

「狭間堂、那由多君に感謝したまえよ。彼がいなかったら、彼女は今頃、干からびちまっているか、都会の病院で精密検査中だぜ？　万が一、後者にでもなったら、『衝撃！　河童は本当にいた！』なんていう記事になってるかもしれない」

「意図的に、弥々子さんを都会に置いて来たのかい？」

　空気がピリピリとしている。狭間堂さんの声色は静かだったけれど、明らかに怒気が含まれていた。

　それなのに、少女は平気そうな顔をしている。いや、彼女は、まさか――。

「己《お》れはただ、彼女に東京案内をしている途中で、はぐれただけだぜ」

「円君《まどか》、どうして君は――」

「円さん⁉」

　僕はつい、声をあげてしまう。狭間堂さんも少女――の姿をした円さんも、きょとんとしてこちらを見つめていた。

「何だ、気付いていなかったのか」

　彼女は背後に隠していた、立派な一眼レフをこちらに見せる。見紛《みまが》うことなき、円さんのカメラだ。

「ど、どうしたんですか、その姿！」

「己れの姿が一つでないことは、那由多君も知ってる筈《はず》じゃないかな？」

「あっ」

　そうだった。円さんは以前、おじいさんの姿で僕達を惑わしたことがあった。

思い出す僕の前で、少女の輪郭が揺らぐ。陽炎《かげろう》のようだと思っているうちに、そこには、いつの間にか青年姿の円さんが立っていた。

「どうして女の子の姿に……」

「あれも、己れの中にある魂の記憶なのさ」

円さんは、片手で自身を示す。

彼が、幾つもの残留思念で構成されているのを思い出す。ということは、あのセーラー服の女の子も、何らかの未練があって、円さんの一部となっているのだろうか。

「……その、姿も？」

すらりとしたレトロな風貌《ふうぼう》の青年姿を指さす。

「ああ。己れは、この姿が一番気に入っていてね。手足が長くて便利だし、何より、狭間堂と一番目線が合う」

円さんは狭間堂さんに笑いかけてみせるものの、狭間堂さんはくすりともしなかった。狭間堂さんは、気が進まないと言わんばかりに、重々しく口を開いた。

「……女の子の姿の方が警戒され難《にく》いから、女の子の姿で弥々子さんに近づいたのかい？」

「だとしたら、どうする？」

円さんは挑発的に尋ねる。

だが、狭間堂さんは、込み上げる感情を堪《こら》えるように、長い溜息《ためいき》を吐いた。

「どうもしないよ。早く、弥々子さんに水を届けないといけないし」

狭間堂さんは、円さんの隣をスッと通り過ぎる。彼の背後にある華舞鬼町の出口に、向かうように。

円さんの表情が、一瞬だけ悔しげに歪《ゆが》められる。だが、見間違えかと思うほど、すぐにもとに戻ってしまった。

「彼女は――」

浮世に向かおうとする狭間堂さんに、円さんは声を投げる。

「久々に会う『彼方ちゃん』のために、土産物を買おうと歩き回ってたんだぜ。東京駅で甘味を買うか、神保町《じんぼうちょう》で大好きな本を買うか――って」

その言葉に、僕はハッとする。だから、水道橋駅にいたのか。

東京駅から神保町は、徒歩で行ける距離だ。しかし、彼女のお皿は炎天下のせいで乾き、神田川の水を求めて歩いたものの、水道橋駅で力尽きた。きっと、そうに違いない。

狭間堂さんは、少しだけ足を止める。

しかし、「行くよ、那由多君」と僕の腕を摑《つか》むと、強引に僕を浮世へと連れて行く。

僕の方からは、狭間堂さんの表情は見えない。

円さんの方を窺《うかが》うと、彼はさっさと踵《きびす》を返し、華舞鬼町の外れへと消えて行ったのであった。

狭間堂さんの、僕の腕を掴む力は強い。しっかりと掴んでいるというよりも、怒っているようにも思えた。

円さんは、狭間堂さんを怒らせようとしているようにしか見えない。だけど、そうだとしたら、どうして怒らせようとするのだろう。

風鈴祭りでのふたりを思い出す。あの時は、とても仲が良さそうだった。きっと普段は、あんな調子なのだろう。

なのに、どうして。

(最初は、僕を押絵に閉じ込めようとした。鬼女に会うように仕向けたこともあったっけ。そして、今回は弥々子さん……)

矛先が常に僕へと向いているのならば、単純に僕が嫌われているか、からかわれている可能性がある。だけど、今回は違う。

(狭間堂さんに、関わりがあるひとを狙っているのか?)

そうとしか思えない。でも、何故。何のために。

狭間堂さんとは友達なのに、どうして、狭間堂さんに関わるひとを害しようとするのだろう。

悩む僕の目の前が、急に明るくなった。

「うわっ、眩《まぶ》しっ」

「やっぱり、アスファルトや周辺に建っているビルの窓の反射のせいで、日差しが痛く思えるよね」

狭間堂さんは、僕の腕を放す。僕達は、高層ビルがひしめき合う住宅地に辿《たど》り着いていた。

「ううん。やっぱり、少しずれてしまったようだね。この辺は、微妙に馴染《なじ》みがないからなぁ。でも、都心ならば大丈夫」

狭間堂さんは、袂《たもと》を探って携帯端末を取り出す。

「何を調べてるんですか？」

「GPSで現在位置を探しているんだ」

返ってきた答えは、完全に現代人のそれだった。あまりにも浮世離れしていて忘れがちだけど、狭間堂さんは僕と同じく現代の人だ。

僕も現在位置を調べる。すると、東池袋《ひがしいけぶくろ》だということが判明した。

「あ、なんだ。池袋の東側か……。確かに、サンシャインに行く以外では、あまり縁がない場所ですよね。住宅が多めっていうか……」

「本当は、もう少し護国寺《ごこくじ》寄りに出られれば良かったんだけどね」

狭間堂さんは苦笑する。

「本当に、この辺りに湧き水があるんですか？」

「ああ。川があったんだよ」

「川？」

僕達がいる場所は、住宅街だ。近くにはタワーマンションが幾つか聳《そび》えていて、その奥にはサンシャインビルが見える。かつては東洋一の高さを誇ったらしいけど、今やすっかり、タワーマンションに覆い隠されていた。

「巣鴨《すがも》プリズンって、知ってるかい？」

「プリズンってことは、監獄……ですか？」

「まあ、そんな感じかな。巣鴨拘置所って言ってね。第二次世界大戦後に戦犯を拘置してたんだって。この辺りの歴史は、後で調べてみるといい。それが、あそこにあったんだよ」

狭間堂さんは、サンシャインビルの方を視線で示す。

「えっ、サンシャインに？」

「そう。隣にある公園には慰霊碑もある。そこが丁度、処刑場だったからね」

「……急に、おっかない場所に思えて来たんですけど」

震える僕に、狭間堂さんは苦笑した。

「まあ、壮絶な歴史があるけどね。でも、ちゃんと供養もされてるし、今はああやって賑《にぎ》わう場所になって、ハレの気をたくさん浴びているから、怖がることはないと思うよ。逆に、その怖がる気持ちがケガレを呼ぶ場合もあるし、気持ちをしっかり持つことが大事だと思う」

「そ、そうですね……」

僕は、気を取り直そうとする。「それはともかく」と狭間堂さんは話を戻した。

「その巣鴨プリズンの排水が流れ落ちる先に、川があったんだ。水窪《みずくぼ》川といってね。今はもう、暗渠《あんきょ》になっているけれど」

「暗渠？」

「そう。川を地下に閉じ込めてしまっているのさ。その上を、道路にしたり公園にしたりするためにね」

成程。だから何処を見回しても、川が見当たらないわけだ。

「その川は、まだ流れているんですか？」

「恐らく。その川に落ちる湧き水が、護国寺の近辺にあると聞いたことがあってね。川を辿って行けば見つかるはず。ただ、僕達では見ることが出来ないから――」

「カメラの出番ですね……！」

僕は、鞄《かばん》の中から祖父のカメラを取り出す。レトロなインスタントカメラを前に、狭間堂さんは深く頷《うなず》いた。

「でも、水窪川に縁があるひとはいないんじゃないですか？　その頃から残っている建物なんかがあれば、一緒に撮れば、過去の水窪川が写るかもしれませんけど……」

「そうだね。でも、川には龍《りゅう》がいるはずだから」

「龍が？」

僕はまたもや復唱する。さっきから、鸚鵡《おうむ》返《がえ》しに尋ねてばかりだ。

「そう。水の流れがある場所にはね、龍が棲《す》んでいるんだ。僕も、会ったことがある。暗渠になっても川が流れていたり、誰かが川のことを覚えていたりすれば、彼らもまだ、何らかの形で生きているはずさ」

「じゃあ、その龍が写るようにすれば……良いのかな？」

「まあ、遠回しな言い方をしたけれど、川がある場所を写せば龍を写したことになって、かつての水窪川が写るってことさ。それを追って行けば、湧き水に辿り着くはずだよ」

狭間堂さんは、僕が手にしたままの地図を見やり、それから、サンシャインとは反対側に視線を移す。その先は高い建物こそ少ないが、住宅がごちゃごちゃと建っていて、道がだいぶ入り組んでいそうだった。

「この住宅街の中から、湧き水を探すのは骨が折れそうだからね」

「確かに……」

何もない場所から湧き水を探すのは至難の業だが、道標《みちしるべ》があれば格段に楽になるはずだ。

僕は狭間堂さんに見えるように古地図を広げる。汗が滴り落ちそうだったので、慌てて拭《ぬぐ》った。

「早くしないと、僕達の方が干からびそうですね……」

「うん……。弥々子さんに湧き水を届けたら、みんなでアイスキャンディーでも食べようか……」

狭間堂さんも、涼しげな顔こそしているものの、額の汗をグッと拭っていた。流石に暑いのか、羽織を脱いで脇に抱える。

熱風が、都電荒川《あらかわ》線の発車ベルの音を運んでくれる。こんなに暑いのに、ハナさんの後輩は、チン、チンと軽快な音を立てて走っていた。

僕達も、頑張らなくては。

「川の流れは、この辺りを通って音羽《おとわ》に向かう感じだね。ここの何処かに、湧き水があるはずなんだけど……」

狭間堂さんは、古地図と地図アプリを現在の地形と見比べる。僕も倣ってみるけれど、古地図では詳細な区画までは分からなかった。

「片っ端から、カメラで写してみます？」

「んー。それも悪くはないけど、そのカメラも多分、無限に撮れるわけじゃないと思うんだよね」

「えっ……」

狭間堂さんの言葉に、僕はインスタントカメラに視線を落とす。

「予想に過ぎないけれどね。でも、何かをするには何かを失うというのが、万物の理《ことわり》だから。そのカメラは、フィルムを消費しない代わりに、カメラに宿っている霊力を消費しているかもしれないし」

「霊力って……祖父の……」

「予想に過ぎない――けどね」

狭間堂さんは、繰り返しそう言った。だから大事にしろと言わんばかりに、カメラを見つめる。

「まあ、那由多君の命を削って写真を撮るっていうパターンもあるけれど」

「ひぃ」

「冗談だよ。ごめんね。君のお祖父《じい》さんが、君にそんなことをさせるわけがないし」

狭間堂さんはすぐにフォローを入れてくれたが、本当に心臓に悪い。

「とにかく、ここぞという時に使った方がいいってことですよね」

「そういうこと」と狭間堂さんは頷く。

「でも、川が地下に潜っているんじゃあ、地上から見ただけだとサッパリ分からない気が……」

「そうでもないんだ」

狭間堂さんはそう言って歩き出す。僕は慌ててそれについて行く。

住宅地の間を通り、都電の踏切を渡る。うだるような熱気の中、死んだ魚の目で歩くビジネスマンや、やたらと元気な子供達とすれ違った。

「やっぱり、住宅街だと道幅が狭いですね……」

並んで歩くには少し狭い。向こうから人が来たらすれ違えなそうなので、僕は狭間堂さんの後ろを歩いていた。

「そうだね。でも、何か気付いたことはないかい？」

「気付いたこと……？」

僕は辺りを見回す。だが、古そうな住宅と新しそうな住宅が混在していたり、大きな建物が見当たらなかったりする程度しか分からない。

「あとは、道が曲がりくねっていて歩き難《にく》いっていうくらいかな……」

「それだよ」

独り言に近いそれに、狭間堂さんは反応する。

「それって？」

「どうして、道が真っ直ぐじゃないと思う？」

僕達が歩いている道は、狭くてうねっていて、見渡し辛《づら》いし歩き難い。生活に支障があるほどではないが、少し不便そうだ。

「うーん……」

「じゃあ、京都の街並みって覚えているかい？　歴史で平安京《へいあんきょう》として習ったり、修学旅行で行ったりしただろうけど」

「あっ、覚えてます。碁盤みたいに区画が分かれていますよね」

「そう。それが、一番合理的で分かり易い分け方で、それに沿って建物を建てるのが良いんだ」

「確かに。東から何区画目で南から何区画目とか言ってくれると、すぐ分かりそうですね」

「でも、ここはそうじゃない。どうしてだと思う？　そうしたかったのに、そう出来なかったとしたら、その理由は？」

「あっ」と僕は思わず声をあげる。

「気付いたようだね」

狭間堂さんが、にやりと笑った。

「川が、あったから……」

「そういうこと。暗渠《あんきょ》は、そうやって探すんだ」

曲がりくねった道を往きながら、狭間堂さんは言った。

「かつて川や水路があった場所は、それを塞《ふさ》いで道にしたり、公園にしたりすることが多いんだ。まあ、川の幅にもよるんだろうけど、暗渠にするくらいだからそれほど広くなくて、やたらうねった道になったり、やたら細い公園になったりするんだよ」

「へぇ。都内だと、たまに見かけますよね。そういうのも、みんな暗渠なのかな……」

「かもね。元々、東京は水が豊かなところだったから」

狭間堂さんは、少し寂しそうに微笑む。

「まあ、そういうところは、妙に湿っていることもあるね。植物や、苔《こけ》が繁茂してる場合もあるしさ」

「成程……」

僕が納得していると、狭間堂さんはハッと何かに気付く。

「あった」

狭間堂さんは立ち止まる。そこには、石碑があった。

「水窪川の跡だよ」

その石碑には、『水窪川の碑』と書かれている。青々と茂った葉っぱに埋もれかけていて、見逃してしまいそうだった。

『昔ここに小さな川が流れていた　後世にこれを伝える』……か。確かに、教えて貰《もら》ったよ」

狭間堂さんは石碑に一礼して、その先の下流の方を見やる。

「ここまでは、湧き水はありませんでしたね」

「多分、この先かな。もっと、下ったところだと思う」

狭間堂さんに導かれ、坂道を下る。その先には、少し幅の広い車道があった。そして、その脇には歩道もあるが――。

「何だか、歩道が広いですね……」

ごく普通の住宅街で、通行人も多いわけではない。地元民と思《おぼ》しき親子が、手を繋《つな》いでのんびりと歩いている程度だ。

「ここも、もしかしたら暗渠なのかもしれないね」

「ああ、なるほど……」

この妙に幅が広い歩道がある場所に、川があったということか。

狭間堂さんと僕は、水窪川の痕跡《こんせき》を辿《たど》りつつ、湧き水を探す。だが、どんなに探しても、それらしきものは見当たらない。

神社の鳥居の脇を通り、細い路地を行き、やがては大通りへと出る。

どうやらその通りは、不忍《しのばず》通りというらしい。左手の方は急な上り坂になっていて、右手の方は、大きな交差点となっていた。

「あっちが護国寺だね。徳川綱吉《とくがわつなよし》が建てた寺院なんだ。観光地としても有名だし、猫スポットだから、時間がある時に見に行くといいよ」

「猫スポット……」

「野良猫が沢山集まるんだ。日当たりも良いし、イタズラをする人もいないから、猫も居心地が良いんだろうね。ただ、今の時季は暑いから、表には出てないかもしれないけど……」

翔君が聞いたら喜びそうだ。気候がいい時に、一緒に来てみよう。

「さて、ここから先だけど――」

狭間堂さんは、不忍通りから先を見つめる。細い路地は途切れ、自動車がビュンビュンと行き交っているだけだった。

「は、狭間堂さん……！」

僕はインスタントカメラを掲げて自己主張をする。振り向いた狭間堂さんは、察してくれたように微笑んだ。

「うん。こういう時こそ、そのカメラの出番だね」

僕達は細い路地まで戻り、その路地——すなわち、確実に水窪川があったと思しき場所が入るように撮影した。

「撮れた……かな？」

カメラから出て来た写真が現像されるのを待つ。またもや汗が滴り落ちそうだったが、急いで拭《ぬぐ》った。

「あっ、いた……！」

不思議な写真だった。新しい建物と古い建物が重なって見える。今の風景と、昔の風景が混在しているようだった。

だがそこに、確かに川のようなものが写っていた。そして、龍《りゅう》のような存在も。

「龍……なのかな？　やたらと細長くて、なんか、鰻《うなぎ》みたいだけど……」

龍と言えば、立派な角と髭《ひげ》があるイメージだ。しかし、ぼんやりと写っているその存在は、角も見当たらないし、髭らしきものが見えるものの、短かった。

「暗渠になると、力を失ってしまうのかもしれないね」

狭間堂さんは、寂しげに眉尻《まゆじり》を下げる。

「とにかく、水窪川の流れが分かって良かった。これを追ってみよう」

写真を頼りに、僕達は不忍通りを渡る。お茶《ちゃ》の水《みず》女子大学をぐるりと迂回《うかい》し、更に先に進む。

僕達が向かっているのは何処だろうと思い、頭の中に地図を描いてみた。

「東池袋、護国寺……その先は江戸川橋《えどがわばし》かな」

「おっ。鋭いね、那由多君」

狭間堂さんに褒められたのが、少し照れくさい。

「東京メトロ有楽町《ゆうらくちょう》線を思い出して……」

「そうだね。あの線と並走するように移動しているね」

細い路地を往き、途中で洋館に遮られつつも、また迂回して細い路地を見つける。

途中で古地図と現在位置を照らし合わせ、湧き水を探しつつ、江戸川橋の方へと向かって行った。

「この路地も結構狭いな……」

左右に住宅やビルが聳《そび》えていて、なかなかの圧迫感の細い路地を歩きながら、つい、ぼやく。

「でも、日陰になっているお陰で、ちょっと涼しいかも。何となく、水辺の気配がするような……」

「水の気が強いみたいだね。もしかしたら、この辺りに――」

狭間堂さんはそう言って、口を噤《つぐ》む。何かに気付いたらしい。

僕もつられて視線をやると、ハッとした。

「あ、また鳥居。神社だ！」

小ぢんまりとした神社が、住宅街の中にひっそりと鎮座していた。

音羽今宮《いまみや》神社というらしい。それほど大きな神社ではないけれど、狛犬《こまいぬ》がどっしりと構えてこちらを見つめていた。

「那由多君、ご覧」

狭間堂さんは、今宮神社の石段の前を見つめる。そこには、不自然な石畳があった。道路の一部に、細長い石畳が埋まっている。今宮神社へと導くかのようなそれは、もしかして……。

「橋……かな？」

「そうだよ。恐らく、ここにも水窪川が流れていたんだ」

神社の前に水が流れていて、その上を渡す石橋があったというのならば納得だ。

だが、周辺に湧き水が無いか確認するものの、それらしきものは見当たらない。

「神社になら、ありそうなものなんだけど……」と僕は項垂《うなだ》れる。

「まあ、神社だとハレの気が強過ぎるかもしれないからね。別のところを探そう」

狭間堂さんは、拝殿に向かって軽く頭を下げる。僕もそれに倣おうとしたが、ふと、社務所の一角が目についた。

「狭間堂さん」

「どうしたんだい？」と狭間堂さんは足を止める。

「この神社って、犬が祀《まつ》られているんですか？」

「いや。でも、生類憐《しょうるいあわれ》みの令で有名な徳川綱吉が建てた神社だからね。無関係というわけじゃないけど」

狭間堂さんがこちらにやって来る。僕は、社務所の一角に添えられた、お守りのラインナップを指し示す。

「なかなか珍しいお守りだと思って……」

「『犬御守』……」

狭間堂さんが読み上げる。

そう。そこには『犬御守』というお守りが貼り付けられていた。耳が垂れた可愛らしい犬が描かれている。

「ちょっと可愛いかも。ペット用のお守りですかね」

「う、うーん……」

狭間堂さんは、何故か生返事だった。

「あれ？　狭間堂さんって、犬が苦手とかですか……？」

「いや、そういうわけじゃないんだけどね。昔、或《あ》る人に犬っぽいと言われたことがあって……」

狭間堂さんは、眉尻を下げて苦笑する。

「犬っぽい、ですか……」

確かに、言われてみれば、凜々《りり》しくありながらも何処か人懐っこい顔立ちは、柴犬《しばいぬ》や秋田犬《あきたいぬ》に似ているかもしれない。

「ま、まあ、犬は可愛いしカッコいいので、いいんじゃないでしょうか……」

「可愛いはいらないかなぁ……」

僕の精一杯のフォローは、フォローになっていなかったらしい。僕達は苦笑まじりになりながら、境内を後にする。

「さて。もう少し、下流の方に行ってみようか」

狭間堂さんは、隣にある駐車場を通り過ぎ、石垣で固められた崖《がけ》沿いに、細い路地を歩いて行く。

水の気のお陰で若干涼しいものの、長い距離を歩いたので、シャツは汗でベタベタだ。この下を水窪川が流れているならば、今すぐ道路を剝《は》がしてダイブしたい。

「那由多君、大丈夫かい？　何処かで休もうか？」

狭間堂さんが立ち止まる。頷《うなず》こうと思ったものの、ふと、弥々子さんの顔が過《よ》ぎった。

そうだ。彼女もお皿が乾いて大変なんだ。気丈に振る舞っていたけれど、身体に力が入らないなんて、まだ辛《つら》いに違いない。

僕は汗を拭うと、丸まっていた背中をピンとそらす。

「大丈夫。水を弥々子さんに届けてから休みます」

「うん。その心意気だ」

でも、無理はしないでね。と付け加えながらも、狭間堂さんは再び歩き出した。

家に帰ったらシャワーを浴びたい。でも、その前に、新鮮な水を頭から被《かぶ》りたい。

そんなことを考えている僕の耳に、ふと、水の音が聞こえて来た。

「ああ、遂《つい》に幻聴まで……」

振り払おうとするものの、狭間堂さんは足を止める。狭間堂さんにも、幻聴が聞こえてしまったのだろうか。それとも――。

「あそこだ！」

狭間堂さんが走り出す。僕もまた、崖の一角に向かって駆け出した。

何の変哲もない、石で固められた崖。その下に、排水口のような筒が差し込まれている。注意しなければ見逃してしまうようなその場所から、水が流れていた。ちょろちょろと、頼りなげな音を立てながら。

「これが、湧き水……」

「そのようだね」

狭間堂さんは羽織の袂《たもと》を探り、竹で出来た水筒を取り出す。一体、その袂にどれだけのものを隠し持っているのか。

狭間堂さんは、竹筒の中に湧き水を注ぎ込む。それを眺めていたものの、少しだけ不安になってしまった。

「それ、生活排水とかじゃないですよね……」

「大丈夫だよ。ほら」

狭間堂さんは、湧き水を受け止めているバケツを指さす。

水はすっかり澄んでいて、バケツの底がよく見えた。油も、妙なゴミも浮いていない。とても綺麗《きれい》な水だった。

「多分、ここから染み出した水が、湧き水になって流れているんだろうね」

狭間堂さんは、崖の上を見やる。僕はそこから、水が落ちる先を眺めた。

「そして、この下に水窪川が……」

「そういうこと。この流れは、江戸川橋の辺りで神田川と合流するんだ。そして、その後に隅田《すみだ》川と合流し、海に行くわけだね」

「長い、旅をするんですね……」

僕達は、江戸川橋の方を見やる。見えるのは住宅街ばかりだったけれど、そこに確かに、水の流れを感じた。

「そうだね。このまま、この湧き水の旅の軌跡を辿《たど》りたいところだけれど、そろそろ行こうか」

「あ、そうですね！」

弥々子さんが待っているはずだ。早く届けなくては。

住宅街の中は、区画が細かく分かれて路地も多く、境界ばかりだ。僕達は、すぐそばの境界から、無事に華舞鬼町へと戻ったのであった。


湧き水をお皿に注がれた弥々子さんは、見る見るうちに元気になった。

鳴釜《なりかま》がこしらえてくれたおにぎりをたらふく平らげ、今はデザートのアイスキャンディーを食べている。

「ああ、満たされるぅ〜。助かったわ、かな——狭間堂ちゃん」

弥々子さんの顔色は、すっかり良くなっていた。目の輝きも戻り、瑞々《みずみず》しさが一層強くなっている。乾かないようにと帽子をかぶっているため、頭頂部のお皿は見えない。そうしていると、普通の美少女だ。

「僕は、そんなに大したことはしてないよ。那由多君も助けてくれたし」

狭間堂さんは僕に話題を向ける。「そうね」と、弥々子さんが振り向いたので、僕は慌てて姿勢を正した。

「那由多ちゃんも、ありがとう。狭間堂ちゃんは、いい助手さんに恵まれたのね」

「じょ、助手というわけでは……」

そんな大層なものじゃない。僕はただ、シャッターを切るだけしか出来ないのに。

「そうだね。那由多君は助手じゃない」

狭間堂さんも、きっぱりとそう言った。

ですよね。僕がいなくても、狭間堂さんなら何とかしそうだし。

そう納得するものの、狭間堂さんの言葉には続きがあった。

「那由多君は、立派なカメラマンだからね。彼は、過去と現在の橋渡しをしてくれる。僕は、その力を借りただけさ」

「あっ……」

カメラマン。その言葉が誇らしく響き、妙に腑《ふ》に落ちた。

狭間堂さんは、助手でもなくそれ未満でもなく、違う役目を持った対等な立場の人間として、僕を見ていてくれたのか。

「そっかぁ」と弥々子さんも納得したように相槌《あいづち》を打つ。

「それじゃあ、後で私も撮ってくれない？　いい男に成長した狭間堂ちゃんと一緒に、記念撮影して欲しいな」

「えっ、い、良いですけど」

傍らに置いてある、祖父のインスタントカメラを見やる。

特に縁のない場所であれば普通の写真も撮れるようだし、まあ、問題ないか。本当は、自分の普通のカメラがあれば良いんだろうけど。

「あっ、ハナちゃんも一緒がいいわ！　那由多ちゃんも。みんなで撮りましょう！」

弥々子さんは閃《ひらめ》いたように手を叩《たた》く。

「まあ、それは嬉《うれ》しいですわね。ハナ、気合いを入れて写りますわよ！」

ハナさんも嬉しそうだ。気合いを入れ過ぎると、都電の姿で写りそうだけど。

「みんなで記念撮影……か」

それを頼まれることも、一緒に入れることも、心地よいむず痒《がゆ》さがあって、つい、顔が綻《ほころ》んでしまう。祖父も、こんな想いをしたことがあったんだろうか。

そう言えば、タイマー機能はあっただろうかと思いつつ、インスタントカメラを眺めまわす。

その時、ふと、気になったことがあった。

「弥々子さんって、昔の狭間堂さんを知ってるんですか？」

「ええ。那由多ちゃんぐらいの時かしら。その頃の狭間堂ちゃんのこと、よく知ってるわ」

「大学を卒業した後だから、那由多君よりも歳を取った頃かな」と狭間堂さんは、アイスキャンディーを齧《かじ》りながら補足する。二十代前半なのに、歳を取るという表現はいかがなものかと思ったが、一先《ひとま》ずは話に耳を傾けた。

「あの頃は、自分の進路ですごく悩んでたのよね。浮世と常世の橋渡しをする仕事をしたいっていうのは決めていたんだけど、浮世でそれをなすべきか、常世でそれをなすべきかって」

「それで、結局、全国を回って決めることにしたのですわ」

ハナさんは、空になったコップに麦茶を注ぎつつ、弥々子さんの説明に付け加えた。

「まあ、縄張りの関係や、諸々《もろもろ》の都合上、巡れなかったところもあるけどね。それでも、色々なところに行ったなぁ」

狭間堂さんは、何十年も前のことを思い出すかのように、しみじみとしていた。

「そして、色々な出会いもあった」

狭間堂さんの言葉に頷《うなず》くように、風鈴がリィーンと鳴る。開けた窓からは、さわさわと心地よい風が入り込んでいた。

「それで、結局ここに収まった感じかな。境界の街は不安定だし、浮世の存在が必要だからね」

「そう……なんですか？」

狭間堂さんのたったそれだけの言葉に、物凄《ものすご》く様々な感情が込められているように思えた。

「そうなんだよ。常世の存在は、浮世の存在なしでは生きられない。この街を維持するためには、浮世の存在が必要なんだ」

「でも、狭間堂ちゃん。ちゃんと浮世に行ってる？　というか、浮世のご飯を食べてる？　ずっと、ここで働きっ放しじゃない？」

弥々子さんは、心配そうに狭間堂さんの顔を覗《のぞ》き込む。見た目は若い女の子だけど、その気遣いは近所のおばさんみたいだ。

「大丈夫だよ。食べ物には気を遣ってる。お互いの素性が分かってるひとの食べ物しか、口にしないし」

「それに、休憩に関しては、このハナがしっかり見張っておりますわ」

ハナさんは腰に手を当ててふんぞり返る。それを見て、弥々子さんは少し安心したように微笑んだ。

「それは良かった。狭間堂ちゃんは頑張り屋さんだから、過労死したら大変だと思って」

「生々しい心配を有り難う……」

妙に現実味を帯びた言葉に、狭間堂さんは何とも言えない顔をする。

（それにしても、狭間堂さんって完全無欠な超人だと思ったけど……）

こうして、年上の女性に世話を焼かれているところを見ると、僕と変わらない人間の、ちょっと頼りになるお兄さんくらいに見える。

もしかしたら、僕が思っているよりも、狭間堂さんは普通の人間なのかもしれない。そんな狭間堂さんの肩には、背負うことが出来る以上のものがのしかかってしまっているのかもしれない。

(カメラマン……か)

カメラマンとして、手助け出来ることはあるだろうか。

そんなことを考えながら、今日撮った写真を見つめる。賑《にぎ》わう大通りと重なるようにして、か細い龍《りゅう》が写っている。ひっそりと神田川の方へと向かうその姿は、見えなくてもまだ存在しているのだと、主張しているように見えた。

(お祖父《じい》ちゃんのカメラが無くても、こういう写真が撮れればいいんだけど)

無いものねだりの、途方もない願望だ。

だけど、そんな僕を慰めるように、風鈴がまた、リィーンと鳴ったのであった。

第二話　那由多と狭間堂の師

お盆になると、地獄の釜《かま》の蓋《ふた》が開くらしい。

そこで、地獄の鬼の責め苦にあっていた人々が一時的に解放され、家族や子孫のもとへと帰省するのだ。

祖母から聞いた時は、「ふーん」で済ませてしまった。

だが、後で調べてみたところ、どうやらその言葉に隠されている意図は、『盆や正月は地獄も休むのだから、浮世も休むべきである』ということだったらしい。

それはともかく、地獄の釜の蓋が開いたら、地獄から浮世への道は、さぞ、混雑することだろう。極楽からも帰省するのなら、両者が交わる場所は、もうえらいことになる。常世でも帰省ラッシュがあるのかと思うと、妙に身近に感じた。

「今年は帰省ラッシュなんて関係ないと思っていたけど、まさか、こんなところで、それよりもひどいものを体験するなんて……」

僕は肩で息をしながら、ゆりかもめの駅へと向かっていた。

ゆりかもめは高架を走る無人列車だ。東京湾沿いに築かれた臨海都市を望める、ハイテクな路線である。駅の向こうには、お台場《だいば》にある観覧車が見えた。

太陽はまだ高く、煮えるように暑い。直射日光は刺すような鋭さで、皮膚が焼き尽くされそうだった。たまにやって来る海風は、涼しさの欠片《かけら》もなく、熱風と化していた。

本当はりんかい線の国際展示場《こくさいてんじじょう》駅に向かいたかったのだが、あそこはすさまじい人ごみになっている予感しかしない。

「本当にすごかったよなー。でも、良かったなぁ……」

隣を歩いている小学生くらいの男の子が、夢見心地でそう言った。

「そうだね。というか、ポン助がコスプレイヤーに興味があるなんて、夢にも思わなかったよ……」

僕とポン助がいるのは、東京ビッグサイトの前だった。

僕は、両手に紙袋とトートバッグを持っている。その中には、大量の『戦利品』が入っていた。

「テレビで見たんだよ。めっちゃ可愛いねーちゃんが、色んな格好してるの！」

「まあ、うん……。何はともあれ、気が済んだようで何よりだよ」

国際展示場正門《せいもん》駅に向かう道は、人でごった返している。みんな、僕のように戦利品を収めたバッグを手にしていて、ぐったりしている人もいれば、実に満足そうな顔をしている人もいた。

何を隠そう、本日行われているイベントは、夏コミである。

東京ビッグサイトでは、国内最大規模の同人誌即売会が、年に二回開催される。その夏の開催時期が、丁度、お盆の辺りなのだ。

中は人で埋め尽くされていたが、地獄からやって来た亡者が混じっていても、誰も気付かないだろう。

「そう言えば、那由多は本をいっぱい買ってたよな。薄っぺらいやつ。どんな本を買ったんだ？」

「えっ⁉ ふ、ふ、フッーの本だよ？」

「そうなのか？　狭間堂さんも本をいっぱい持ってるけど、それとはちょっと違うんじゃね？　何て言うか、薄いし」

「そ、それは、『薄い本』だからね……！」

ポン助は首を傾げる。その純真な眼差《まなざ》しが心に痛い。

「ポン助は、コスプレイヤーを知ってて、同人誌を知らないの？」

「ああ。本はあんまり読まないし」

コミケと言えばコスプレイヤー、という思考も、なかなか大したものである。

「同人誌っていうのは、基本的にアマチュアが作った本のことを指すんだ。まあ、偶《たま》にプロが書いたりもするけどさ」

「ふぅん。でも、アマチュアの本なのに、結構高いよな」

同人誌にそれほど興味が無いくせに、値札はちゃんと見ていたらしい。

「まあ、自費で印刷してるしね。アマチュアの本っていうよりも、誰もが出版社を介さずに自費で作れる本って言った方が良いのかなぁ」

僕は両手に抱えた同人誌の束を眺めながらぼやく。

「多分、印刷する部数が多いと、それだけ本の単価が下がって、安く売れるんじゃないかな。本屋さんにある本は、そういう感じだと思う」

「それじゃあ、そのドージンシは、印刷した部数が少ないから単価が高いってことか？」

「そうだと思う。刷り部数は、書店に流通するものと桁《けた》が幾つも違うんじゃないかな」

「へー。それでも、那由多みたいに鼻息を荒くして欲しがるやつがいるってことは、ディープな世界なんだろうなぁ」

ポン助はしみじみとそう言った。

「……僕、鼻息荒くしてた？」

「してたぜ。目も血走らせてた」

「………一晩寝たら忘れて欲しいかな」

全く心当たりがないわけではなかった。

実を言うと、夏コミに参加するのは初めてだ。今までは、高校生であることと地方住まいであることが相俟《あいま》って、SNSやまとめサイトを見ながら、指をくわえて見ているだけだった。翔君に話したことは、全部まとめサイトに書かれていたことだ。

大学一年生になって、まさか、その憧《あこが》れのイベントに行けるなんて。

「で、どんな内容の本を買ったんだ？」

「ふ、フッーの内容の本だよ！」

「嘘つけ。えっちな本じゃないのか？」

ポン助は、肘《ひじ》でぐりぐりと僕の脇腹を押す。見た目は小学生なのに、ずいぶんとマセたやつだ。……知ってたけど。

「そ、そんなにヤバくないし」

「それじゃあ、まあまあヤバい」

「べ、別にいいだろ！　プライバシー侵害だぞ！」

僕は抗議の声をあげる。どうあっても教えて貰《もら》えないと悟ったのか、「ちぇー、けち」とポン助は諦《あきら》めてくれた。

「まあ、いいや。今日は充分楽しんだし」

「それは何よりだよ。僕はちょっと気が気じゃなかったけど」

どう見ても小学生男子にしか見えないポン助を、主にただれた大人が楽しむイベントに連れて行くのは気が引けた。

　そもそもの発端は、偶々、コミケに行くという話題になった時、ポン助が思いっきり食いついたからであった。「おれも行きたい、おれも行きたい」と連呼されたら、駄目とは言い難い。結局、僕が保護者として連れて行くことになってしまった。

「流石に、狭間堂さんがついて来るって言った時は、ヒヤッとしたけど」

「狭間堂さん、本が好きだからいいんじゃね？」

「狭間堂さんが好きな本じゃないと思うよ……」

　あの人が読んでいるのは、基本的に小説だ。しかも、そこそこ厚みがあるものだったり、絶版になっていそうな古書だったりと、かなりヘビィな読書家だ。

「基本的に、こっちはサブカル寄りだし。狭間堂さんはガチの文芸好きっぽいから、苦笑しながら首を傾げるんじゃないかな」

「かわいいコスプレのねーちゃんには……」

「喜びそうだと思う？」

　僕が尋ね返すと、ポン助は腕を組んで唸《うな》る。

「うーん。全然興味が無さそうだな……」

「それどころか、冬だったら、露出度が高いコスプレイヤーさんに上着なんか着せそうだね……」

「残念紳士っていうか、ばーちゃんみたいっていうか……」

ポン助と僕は、ふたりして頷《うなず》く。

「ハナさんも来たがってたけどな」とポン助は思い出す。

「ハナさんこそ、ついて来ちゃダメだよ。会場内なんて、汗だくの人間ばっかりなのに……」

僕だって、全身汗だくの大柄な男子にもみくちゃにされて、今、最高に汗臭い。最早、しっとりしているのが僕の汗なのか、それとも誰かの汗なのか分からないほどだ。

そんな場所に、あの可憐《かれん》な女子を放り込むわけにはいかない。

「まあでも、鉄道系のサークルのブースを見たら喜びそうかな……。鉄道の研究をした同人誌なんかも売ってるし」

「鉄道の写真集なんて、ハナさんにとってのイケメングラビア写真だからなぁ」

ポン助も僕も、遠い目になる。

沈黙しながらしばらく歩くが、ポン助が、唐突にこう言った。

「……………意外と、円が」

「円さんこそ、興味の欠片《かけら》もないのでは……」

「あいつを構成する残留思念のうちの一つくらい、コスプレイヤーや同人誌に興味があるやつはいないのかね」

「コスプレイヤーを撮るよりも、コスプレイヤーを見て鼻の下を伸ばしているポン助を撮りたがるだろうし、同人誌を買うよりも、同人誌を漁《あさ》ってる僕の記事を書く方が好きな気がする……」

「だよな……」

ポン助は、辺りを警戒しながら頷く。何処を見ても人ごみで見晴らしが悪かったけれど、多分、円さんはいないだろう。というか、いないで欲しい。

「で、このまま帰るのか？」

「うん。ポン助は？」

「うーん。もうちょっと、この辺を歩き回りたいな。あんまり来る機会が無いし」

「だろうね」

臨海都市は人工物ばかりで、アヤカシの気配が希薄なように思えた。

草木が全く生えていないわけではない。南国に生えていそうな木が葉を揺らしていたり、青々と茂った芝生があったりもする。だが、いずれも人間が意図的に植えたものなのだろう。

そもそも、東京ビッグサイトの辺りは埋め立て地だ。江戸《えど》の頃の埋め立て地ならばともかく、それよりも新しい場所には、アヤカシが好んで棲《す》むようには思えなかった。

（アヤカシは、古い場所が好きそうっていう先入観からなんだろうけど）

隣を歩くポン助の方を見やる。ポン助は、不思議そうに首を傾げた。

「じゃあ、どうしようか。この辺を歩くって言っても、他に見るところはあんまりないかも……」

アプリで調べようと携帯端末を取り出す僕だったが、ポン助は間髪を容《い》れずに答えた。

「おれ、お台場に行きたい！」

「お台場？」

「お前、お台場も知らないのかよ……！」

戦慄《せんりつ》するポン助に、「いやいや、知ってるよ」と首を横に振る。

「いや、どうしてお台場なのかと思って」

「だって、かわいい女の子がいそうじゃん」

「あ、はい」

結局は、女の子目当てか。

「でも、お台場に来る子って、大体カップルじゃないかな。彼氏付きだよ……」

「けど、目の保養にはなるだろ！　あわよくば、カワウソの姿で甘えたい！」

「本音がだだ洩《も》れだよ！」

思わず、声が裏返る。

「お台場って、砂浜があるんだろ？　だったら、水着の女の子もいっぱいいるかもしれないし。お前も、水着の女の子を見たいだろ？」

「僕は同人誌の方が読みたいかな……」

非力な僕の両手には、同人誌が大量に入った紙袋とトートバッグがある。早く、落ち着ける場所にそれを下ろし、お茶でも飲みながらのんびりと眺めたかった。

「仕方ねぇな。那由多は同人誌を読んでて良いぜ。おれは、かわいい女の子と戯れてるから」

「お台場の浜辺で同人誌を⁉」

カップルがイチャイチャする浜辺で、一人寂しく同人誌を眺めているだなんて、難易度が高過ぎる。しかも、唯一の相方であるポン助が、美女と戯れているのならなおさらだ。

「そもそも、お台場の海って泳げたかな……。あそここそ、僕に無縁な場所だからサッパリ分からなくて」

「まあ、行ってみれば分かるんじゃね？　そうと決まれば、早く行くぞ！」

「ちょ、ちょっと待って！」

ポン助は唐突に走り出す。国際展示場正門駅に向かって、真っ直ぐに。

「くそぅ。バッグを片方持ってくれよ……！」

トートバッグを抱え、紙袋を引きずりそうになりながら、ポン助の後をやっとの思いでついて行く。

目指すはお台場。

二次元という名の幻想を追い求める者達の楽園を後にして、現実に楽園を見出《みいだ》した者達の居場所へと。

お台場海浜公園《かいひんこうえん》駅で、ゆりかもめを降りる。駅のホームからして、雰囲気が一変した。

「やっぱり、カップルばっかりだ……」

僕の声はかすれていた。最早、絶句に近いかもしれない。兎《と》に角、ホームにはカップルが溢《あふ》れていた。

「うひょー。こっちはこっちで、かわいい女の子がいっぱいだなぁ」

ポン助は目を輝かせている。彼の目には、半数を占める男子は見えていないのだろうか。

僕は、美少女キャラクターが描かれている紙袋を気まずい想いで隠しながら、女の子ばかり見ているポン助を引きずって駅を後にする。

駅の外は、相変わらず、灼熱《しゃくねつ》の世界だった。

でも、ビッグサイトの賑《にぎ》わいとはまた違う。ねばりつくような湿っぽさと異様な熱気はなく、道往く人々のテンションが妙に高かった。

そして、日差しは少しだけマシになっていた。

「曇って来たみたいだな」

ポン助は空を見上げながら、そう言った。

「うん、そうだね。雨が降らなきゃいいんだけど」

「うーん。にわか雨くらい来そうだな」

ポン助は、鼻をひくひくとさせていた。

「そういうの、分かるの？」

「なんとなく。カワウソの勘ってやつかな？」

「狭間堂さんも、雨の気配が分かるようなこと言ってたような……」

「じゃあ、狭間堂さんもカワウソなのかも……」

とんでもないことに気付いてしまったという風に、ポン助はこちらを見る。

「狭間堂さんは人間だよ。カワウソじゃないって」

僕は、道往く人が多い方へと足を向ける。そこそこ大きくてお洒落《しゃれ》な商業施設もあるけれど、何処も若い人で埋め尽くされていた。

「やっぱり人間だよな。狭間堂さんが尻尾《しっぽ》を出しているところ、見たこともないし」

「人間か否か判断するところって、そこなの……？」

それを言ったら、都電のハナさんだって尻尾を出すことはないだろう。円さん――は、もしかしたら獣にすらなれるかもしれないけど。

「お前は、何処で判断するんだよ」

逆に、ポン助に尋ねられた。僕は反対側から来る人達を何とか避けつつ、ポン助に答える。

「自己申請……？」

「えー。それこそ、嘘を吐かれるかもしれないぜ。騙《だま》してナンボのアヤカシもいるし」

「そう言ったって、区別がつかないんだからしょうがないじゃないか」

「あっ、おれはもう一つ思い出したぜ。においを嗅《か》ぐんだ」

ポン助は小さな手を叩《たた》いてみせる。

「それこそ、ポン助みたいに嗅覚《きゅうかく》が良くなきゃ分からないじゃないか。僕は凡人だから無理だよ」

「そんな泣き言をいうなよ。男だろ」

「泣き言に男女は関係ないし……」

食べ物のにおいや街のにおいに混じって、潮の香りが濃くなって来た。砂浜までもうすぐだろう。

「あ、でも、お前にはカメラがあるじゃん」

「あっ……」

トートバッグの中に入っている、インスタントカメラの存在を思い出す。

「それでアヤカシを撮ったら、正体が分かるんじゃね？」

「そう言えば、そうかもね。廣田《ひろた》さんのお婆さんも、心霊写真っぽくなったし」

トートバッグの上から、カメラを撫《な》でる。

「このカメラも、色々と使いようがあるのかもしれないなぁ……」

「片っ端から試してみればいいんじゃね？」

「いや、でも、いつまで撮れるか分からないし。慎重に行きたいよ」

「けど、試さなきゃ何も分からないぜ」

ポン助の言葉に、ドキッとする。

小学生男子の姿をしたポン助は、じっとこちらを見つめていた。真っ直ぐなその眼《まな》差《ざ》しから、僕は目をそらせなくなる。

先にそらしたのは、ポン助の方だった。

「おっ、すげぇ水着のおねえちゃん見ーっけ！」

ポン助は、進行方向へと駆け出す。

僕には木々しか見えなかったけれど、走って行けばその先は砂浜で、水着姿の若い男女や、買い物帰りと思《おぼ》しき家族連れがのんびりと歩いていた。

「ポン助は、欲望一直線だなぁ……」

言ってしまってから、自分が今持っているものを思い出す。両肩にのしかかる同人誌の重みが、僕の欲望の重みだ。

「……何やっているんだろう、僕は」

美少女が描かれた紙袋を隠しつつ、僕はポン助の後を追う。道往く人みんなが僕を見ているようで、とてもではないけれど顔を上げられなかった。

（ううう……。やっぱり、ここは僕が来るべき場所じゃなかったんだ）

ポン助がそばからいなくなると、惨めな気持ちが込み上げて来る。背中を丸めて歩いていると、いつの間にか波打ち際までやって来ていた。

青い海——とは言えない。透明度もあまりない。でも、妙な油分が浮いていたり、変な臭いがしたりはしない。高度成長期の頃はひどかったと聞いたことがあるけれど、その頃に比べたら綺麗《きれい》になったのだろうか。

そして、その前はどんな海だったのだろうか。

波が、つま先のすぐそばまでやって来る。靴の替えが無いのに濡《ぬ》れては大変だと思い、後退しようとしたその時だった。

「えっ？」

やって来た波が、唐突に僕の足をすくう。

一瞬、何が起こったのか分からなかった。僕の足をすくった波は、人間の腕のようにも見えた。

景色がぐるりと回る。海面から曇天へと切り替わり、視界は水の中へと沈んだ。

（ま、まずい……！）

息をしようとするものの、肺の中に水が入って来るばかりだ。両手でもがいて海面に浮かぼうとしても、何かが足に絡まって動けない。

（何があるんだ？　海藻か⁉）

足元を見て、絶句した。正確には、肺の中の空気が全部飛び出てしまった。

ガッチリと固められて動かない足には、無数の腕が絡みついていた。白く、細長く、濁った海の中から伸ばされている。

それは、蔦《つた》のように僕を捕え、離れようとしなかった。

（ひぃぃぃ！）

全身が総毛立ち、声にならない悲鳴をあげる。ポン助や海岸にいる人たちに気付いて貰《もら》おうと、右手を伸ばして海面を叩こうとする。だけど、指先で海面に触れるくらいしか出来なかった。

（誰か、助けて――！）

このままでは、溺《おぼ》れ死んでしまう。お台場の浅瀬で独り寂しく死ぬなんて、嫌過ぎる。

絶望に抱かれながら意識を手放しかけたその時、ふと、指先が何か別のものに触れたのに気付いた。それとほぼ同時に、僕の身体は無理矢理、海面へと押し上げられる。いや、寧《むし》ろ引き上げられているようだ。水音を立てて、無事に海から脱出した僕は、二、三度の咳《せき》と共に水を吐いた。

「おっ、無事なようやな。おじさん、安心したわー」

強い潮の香りとともに耳に届いたのは、聞き慣れない声だった。若い男性のようだが、その口調は妙に訛《なま》っていた。

「え、あ……」

状況が今一つ理解出来ていない僕を、その男性は砂浜まで運んでくれる。陸地に降ろされると、ぺたんと座り込んでしまった。

「えっと、助けてくれたん……ですか?」

「せや。妙な水音と、溺れてるような音が聞こえて来てな。おじさん、慌てて駆け付けたんやで」

おじさんと自称する目の前の男性は、ずいぶんと若かった。完全に、お兄さんという年齢にしか見えない。目が覚めるくらいに赤い髪で、それと同じくらい赤いギターを携えている。装飾品もジャラジャラとつけていて、どう見てもイケイケのバンドマンだった。

「ひ、ひいいいい！」

バンドマンに耐性が無い僕は、つい、腰を下ろしたまま後ずさりをしてしまう。

「あー。あかんあかん。その音、おしりを引きずっとるやろ。ズボンが破けてしまうで」

「音……？」

自称おじさんバンドマンに言われて、ハッとした。

彼は、ずっと双眸《そうぼう》を閉ざしている。それに、ギターにばかり目が行っていたけれど、白杖《はくじょう》も手にしていた。

目が見えないのか。

どうやら、彼の視線には怯《おび》えなくてもいいらしい。そう思うと、ほんの少しだけ安心した。

逆に、何か手伝えることはないだろうかと思いつつ、彼を改めて見やる。

ヴィジュアル系のイケメンバンドマンだけど、顔立ちは穏やかなものだったし、羽織っているのは厳《いか》ついコートではなく、羽織だ。

（ん？　何だか既視感が……）

頭の中で引っかかるものを感じつつ、視線を下へと移す。

その先で、ぎょっとした。

なんと、そのバンドマンの両脚は、海面に立っていたのだ。寄せては引く波にびくともせず、あたかも、そこに陸があるかのように。

「う、う、浮いてるぅ！」

「おっ。ええところに気付いたね。おじさん、海の上を歩けるんよ。どや。面白いやろ」

得意げなバンドマンに、開いた口が塞《ふさ》がらない。

「おーい、どうしたんだ、那由多！」

今更、ポン助が砂浜を走ってやって来る。慌てて来てくれたのか、すっかりカワウソの姿に戻っていた。

「じ、実は溺れて……」

「溺れて？　こんな場所で？　だせぇけど大丈夫かよ……！」

悪態をつきながらも、ポン助は心配してくれる。

「そこを、そのひとが助けてくれて……」

僕がバンドマンを指さすと、バンドマンは実にいい笑顔とピースをくれた。このひと、ノリが良過ぎる。

「へぇ、通りすがりのギタリストにねぇ。……って、海の上に浮いてるじゃねぇか！」

ポン助は全身の毛を逆立てて驚く。

「もしかして、アヤカシ……？」

僕の言葉に、「せや」とバンドマンは頷《うなず》いた。

「俺は朱詩《あかし》っちゅーもんや。海座頭《うみざとう》なんて呼ばれとるで。聞いたことあるやろ？」

朱詩さんにそう言われ、僕とポン助は顔を見合わせる。だが、ふたりして首を傾げるだけだった。

「すいません。アヤカシのことはあんまり詳しくなくて……」

「かー。それならちゃんと覚えて行ってや。おじさん、知名度がゼロになったら死んでしまう」

朱詩さんは大袈裟《おおげさ》に顔を覆う。アヤカシのポン助は、申し訳なさそうに尻尾《しっぽ》を垂らしていた。

「ご、ごめんよ。おれ、あんまり海のことに詳しくなくて。でも、ちゃんと覚えたからさ」

「ええ子やね。おじさんが握手したるわ」

「え、ええー……」

ポン助は乗り気でない声をあげる。相手が若い男性だからだろうか。一方、朱詩さんはポン助の前脚をとると、肉球をぷにぷにと押し始めた。

「ええ感触や……。動物の肉球はたまらんね」

「おれ、いいように触られてる……？」

ポン助はなされるがままだ。あまりにも気持ちが良さそうに触るので、無下に出来ないのだろう。

僕は、ふとバッグの存在を思い出す。慌てて周囲を見回したが、トートバッグも紙袋も、砂浜にあった。海の中に引きずり込まれる瞬間、無意識のうちに放り出していたらしい。下が砂だったので、カメラも無事だった。

「あ、あの。さっきは有り難う御座います……」

朱詩さんの方に向き直ると、ぺこりと頭を下げる。すると、朱詩さんは嬉《うれ》しそうに、にんまりと微笑んだ。

「ちゃんとお礼を言えるいい子やね。ま、気にせんでもええよ」

「えっと、僕、那由多っていいます」

僕が自己紹介をすると、ポン助も「ポン助って呼ばれてるけど、本之《ほんの》助《すけ》っていう名前だぜ」と名乗った。

「朱詩さんが助けてくれなかったら、僕は今頃、ここにいるみんなのお盆休みを台無しにしてたかもしれません……。その、腕が伸びて僕を引きずり込んだように見えたんですけど……」

　僕が状況を説明すると、ポン助が「ひえっ」と声をあげる。

「お前、そんなおっかない目に遭ったのかよ。ホラーじゃねぇか、ホラー」

「ポン助こそ、おばけなのにそんなに青い顔しないでよ……」

「おばけはおばけでも、おれはプリティーなカワウソなんだよ！」

　ポン助は、短い前脚を振り上げて抗議する。

　一方、朱詩さんは細い顎《あご》に手を当てて、真面目な顔でこちらに耳を向けていた。

「あ、あれって、何だったんですか……？」

「それこそ、おじさんを悩ませているものやな」

　朱詩さんはそう言って、沖の方を眺める。

　空は一層黒くなり、雲はどんよりと濁っていた。空気も、息苦しいほどに重々しくなっているような気がする。

「今はお盆やろ？　それで、常世から死者の魂が還《かえ》って来るわけやけど、それと同時にアカンもんもやって来るんや」

「いけないもの……？」

「死者の無念やら未練やらの塊やな。ケガレっちゅーやつや」

　未練と聞いて、円さんの顔が過《よ》ぎる。

「たくさんの残留思念が一つになったやつ……ってことですか？」

「んー。ちょいとニュアンスがちゃうねん。俺が言うとるのは、無念やら未練やらから出来た、純粋なケガレやな。それぞれに区別も無いし、意思も無いんや」

「あ、なるほど……」

僕が相槌《あいづち》を打つと、ポン助は僕の身体によじ登りながら、こう言った。

「円とは違うタイプだな」

「そうだね……」

円さんは話が通じるけれど、朱詩さんが言う相手は話が通じなそうだ。

「所謂《いわゆる》、現象の域にいっとる存在やね。個人の域におるのなら、俺の音楽で慰めることは出来るんやけど……」

朱詩さんは、残念そうに眉尻《まゆじり》を下げ、ギターを撫《な》でる。

「朱詩さん、そんなことが出来るんですね」

「ま、音楽っちゅーのは、言葉よりもシンプルかつ、心に響くもんや。那由多ちゃんも練習すれば、ちょちょいのちょいっと出来るようになるで」

「そんなに簡単に出来ないのでは……！」

いずれにせよ、今回の相手は心が無いから、響かせようにも響かせられないということか。どんよりとした沖を眺めながら、そう思う。

「ケガレは災いを呼ぶんや。このままだと、水難事故が起きるかもと思うてな。おじさん、沖の方からちゃぷちゃぷと歩いて来たんや」

「歩いて……」

朱詩さんの足元と、沖の方を改めて見やる。客船や輸送船に見つかって、驚かれたりはしなかっただろうか。

「それにしても、わざわざ有り難う御座います。その……、ここにいる人間のことを想ってくれて、ここまで来てくれたんですよね？」

「せや」と朱詩さんは大きく頷く。一見すると、チャラチャラしたバンドマンだけど、人間想いの優しいアヤカシなんだろう。

だが、朱詩さんの言葉には続きがあった。

「せっかく女の子が楽しい想いしとるっちゅーのに、水難事故が起きたら可哀想やん」

「半数を占めてる男子のことも気にかけてあげて下さいね⁉」

大真面目に答える朱詩さんに、思わずツッコミをしてしまう。

僕の肩では、ポン助が「わかりみあるわー」と同意していた。このふたり、同じ嗜《し》好《こう》を持つ仲間なんだろうか。男子の平和は、僕が守らなくてはいけないという無謀な義務感が沸き上がる。

「ま、半分冗談や。男の子も守るで」

朱詩さんは明るく笑いながらそう言った。

「それは良かった……。でも、どうやって」

「さっきも言うたけど、ケガレになってしまった者の心があるようやったら、おじさんのギターでも何とかなるんや」

「でも、相手はもう心が無い……」

「せや。そうなると、力尽くで払うしかないんや」

朱詩さんは、少し残念そうにそう言った。

「ケガレの塊は、真っ直ぐこっちに来とる。さっき那由多ちゃんの脚を引っ摑《つか》んでいたモンがその片鱗《へんりん》やな」

「ああいうのが、いっぱい来るんですか……？」

朱詩さんは頷く。

僕を引きずり込んだ無数の腕。それが本体ではなく片鱗だというのならば、本体はどれほど強大で、どれほどの災厄を運んで来るのだろうか。それこそ、目をそむけるような大事故が起きてしまうのではないだろうか。

目の前の海を、白い客船がゆったりと通り過ぎて行く。右手に見えるレインボーブリッジの上は、無数の車が行き交っていた。浜辺では、天気が良くないにもかかわらず、大勢の人達が遊んでいる。

朱詩さんは、これをどうやって守るというのだろうか。

「お台場には防衛機能があるんや」

長い人差し指を立てながら、朱詩さんは言った。

「防衛機能……？」

「せや。もう無くなったもんやけど」

「無くなってるなら、使えないんじゃね……？」

僕の肩で、ポン助が遠慮がちにそう言った。

「そう思うやろ？　ところがどっこい。おじさんは口寄せも出来るんやで。無くなった子を一時的に呼び戻すんや」

朱詩さんはそう言って、ギターをかき鳴らしてみせる。

「すげー。おっさん、滅茶苦茶《めちゃ》万能じゃん！」とポン助は目を輝かせる。

「あー、『おっさん』はやめてや。何かむさくるしいやろ。『おじさん』にしてや」

朱詩さんは、首をぶんぶんと横に振った。そこはいっそ、『お兄さん』で良いような気がする。

「とにかく、お台場には防衛機能が備わっていて、今はもう無いけれど、朱詩さんが呼び寄せるから問題ない――ってことですね」

僕は話を戻す。朱詩さんは、「せやね」と頷《うなず》いてくれた。

それならば、何の問題もない。話を聞く限りでは、朱詩さんはかなりの力を持ったアヤカシだ。僕やポン助の出る幕はないだろう。ここは、礼を尽くして見送りをすればいい。

だけど、現実はそう上手《うま》く行かなかった。

「ところが、一つだけ問題があるんや」

朱詩さんは、ずいっと僕に詰め寄る。

「も、問題……ですか」

「おじさん、その子の気配が上手く探れないんや」

「あっ……」

僕は、朱詩さんの白杖《はくじょう》を見やる。

そうだった。普通に話していたけど、このひとは目が見えないんだった。

周囲は、若者のはしゃぐ声で満たされている。少し遠くからは、車の走行音と、船があげる水飛沫《しぶき》の音が聞こえそうだ。

僕やポン助が感じているよりも、朱詩さんの耳に入る雑音は多いだろう。それに比べて、触れられる範囲が白杖のみというのは、何とも心許《もと》ない。

でも、僕がしてあげられることはあるのだろうか。アヤカシのことならば、狭間堂さんを呼んだ方が良いんじゃないだろうか。

ポケットに入れっ放しだった携帯端末を取り出す。思いっきり海水を浴びたものの、動作は問題なさそうだ。

そう思いながら、沖の方を見やる。

暗雲が、さっきよりも近づいているように見えた。水平線の向こうがノイズのようにちらついているが、雨でも降っているのだろうか。

「時間……無さそうですかね」

朱詩さんに問う。すると、朱詩さんは肩をすくめた。

「ま、なるようになるやろ。ちゅーか、何とかしてみせるわ」

「そ、それなら……」

僕は、携帯端末をぎゅっと握りしめる。

狭間堂さんを呼んだとして、すぐに来てくれるだろうか。他の事件にかかりっきりだったらどうしよう。それに、こっちに気を取られている時に、華舞鬼町で事件が起きたらどうしよう。

「なあ、那由多……」

ポン助が、僕に耳打ちをする。

皆まで言わなくても分かる。狭間堂さんを呼んだ方が良いんじゃないかという気持ちが、ひしひしと伝わって来た。

僕もそう思う。狭間堂さんも、呼ばれたら、「よく声を掛けてくれたね」と褒めてくれそうだ。

でも、それでいいんだろうか。

狭間堂さんは、華舞鬼町の総元締め。狭間堂さんが向かい合うべきは、華舞鬼町なんじゃないだろうか。きっと、あの人の周りには、あの人の力が必要なひとが沢山いるだろうから。

「朱詩さん、僕に出来ること、ありますか？」

「那由多!?」

ポン助が、ただでさえつぶらな瞳《ひとみ》を更に丸くする。

だが、朱詩さんはにっこりと微笑んだ。

「へぇ、那由多ちゃん、おじさんを手伝ってくれるん？」

「はい。と言っても、僕に出来ることなんて、すっごく少ないですけど……」

今更不安になって、つい背中が丸まってしまう。そんな僕の頭を、朱詩さんはやんわりと撫《な》でてくれた。

「おおきに。ほんなら、道案内を頼もうか」

朱詩さんは右手を差し伸べる。手を引いてくれというのだろうか。

「ぼ、僕に分かるところならば」と手を取る。細くて長い指だけど、芯《しん》はしっかりしていて楽師の手といった感じだ。

「いやはや、案内されるのが女の子じゃなくて堪忍な」

「いやいや、別にそこはどうでもいいですから！　で、何処に案内すればいいんですか？　お台場に防衛機能があるなんて、初耳ですけど……」

「そうなん？　那由多ちゃんは、どうしてここがお台場と呼ばれているかも知らないんやな」

朱詩さんはにやりと意味深に笑った。僕とポン助は、顔を見合わせる。どうやら、ポン助も知らないようだ。

「ええ、お恥ずかしながら……」

「お台場っちゅーのは、『台場』を丁寧に言ったもんやな。政府のものやったし。んで、台場が何かと言うと、砲台を置く場所だったっちゅーわけや」

「砲台!?」

僕とポン助が声をあげる。まさか、リゾート風味のリア充御用達の地域に、そんな物騒なものがあったとは。

「江戸湾――いわゆる、東京湾を守るための砲台だったんや。それを見て、再来したペルリも江戸への上陸を諦《あきら》め、浦賀《うらが》に向かったんや」

「ペルリって、ペリーですか……？」

僕の質問に、「せや」と朱詩さんは頷く。浦賀というのは、神奈川県にある横須賀《よこすか》のことだろう。日本を開国させんとしたペリーが、黒船に乗って横須賀にやって来たという話は、聞いたことがある。

朱詩さん曰《いわ》く、お台場の砲台は、ペリーが二度目に来訪する時に備えて拵《こしら》えたのだという。

「勿論《もちろん》、平和な世の中になった今は、砲台は撤去されてもうたんやけど、砲台の大和魂はまだ残ってるはずやで」

「砲台の霊を呼び覚ますって感じですかね……」

「せやね。所謂《いわゆる》、付喪神みたいなもんやな。台場の地名が残っとる限りは、あいつらの魂も残り続けるはずやで」

朱詩さんは大きく頷く。

「じゃあ、朱詩さんをその砲台があった場所まで連れて行けばいいんですね」

「そういうことやな。時間をかければ気配を探れるかもしれんけど、色んな気配が混ざって難しいんや」

朱詩さんの白杖の先は、フラフラとして定まらなかった。

「でも、砲台の場所なんて知ってるのか？」

ポン助は心配そうに言う。僕もそれには、眉尻《まゆじり》を下げることしか出来なかった。

「狭間堂さんなら……」

知っているかもしれない。そう思うものの、僕は首を横に振った。

「ううん。調べてダメだったら聞いてみる。現代っ子にはこれがあるし」

僕は携帯端末を掲げる。

ネットの情報が全てではないし、正確とは言い切れないけれど、数多くの人々の知識が集約されている場所だ。何か、ヒントが得られるに違いない。

一方、そんな僕らの様子を、朱詩さんは意味深な笑みを浮かべながら窺《うかが》っていた。

「ふーん。成程、そうなんや」

「ど、どうしたんですか」

「まあ、後で話すわ」

「き、気になるなぁ……！」

朱詩さんの方をチラチラと気にしつつも、ネットでお台場のことを検索する。

すると、有名なドラマについて書かれたページや、デートスポットについて書かれた記事に混じって、それらしきものを見つけた。

「あった……！」

「何処にあるって？」

ポン助は、僕の肩から端末の画面を覗《のぞ》き込む。

「すぐ、そこに……」

砂浜から見える景観の一角に、緑に覆われた公園があった。

地図で見る限りでは、四角い島のようだ。その形が、人工的に作られたものだと暗に告げている。

「あそこに、第三台場があるみたい」

「よし、行こうぜ！」

ポン助は僕の肩から飛び降りて、朱詩さんのズボンの裾《すそ》をぐいぐいと引っ張る。

「おっ、見つかったん？　流石は那由多ちゃんや」

「流石って言われるような人間じゃないですけど……！」

僕は朱詩さんの手を取り、第三台場へと向かう。

台場は、どうやら陸地と繋《つな》がっているらしい。地図アプリを頼りに、砂浜から離れて第三台場へと向かう。

しばらく歩くと、随分と人が少なくなっていた。

それでも、ぽつぽつとカップルがいたり、歴史を調べていると思《おぼ》しきご年配の男性がいたりと、人気は絶えなかった。

周囲は石垣で囲われており、木の階段を上る必要があった。朱詩さんを誘導しようかと思ったけれど、朱詩さんは実に健脚で、白杖《はくじょう》を頼りにひょいひょいと上ってしまった。

「み、見えてないとは思えない動きですね。僕が、ここまで誘導する必要も無かったかな……」

「そんなことないで。おじさん、本当に台場の気配が分からなかったんや。ここまで来れたのは、那由多ちゃんのお蔭《かげ》や」

朱詩さんは少しかがんで僕に視線を合わせつつ、そう褒めてくれた。そして、隣にいるポン助の前にもしゃがみ込み、「ポン助ちゃんも、ありがとな」と礼を言う。ポン助は、「えへへ」と照れくさそうに笑った。

台場には、石造りの砲台やかまどが並んでいた。

「まだ残ってたんだ……」とつい呟《つぶや》いてしまう。

「ん？　何か残っとるん？」

「あっ、かまどとか砲台があるんですよ」

「んー。一度は撤去されたと思ったけどな。模造品とちゃうん？」

朱詩さんに言われ、近くにあった立て看板を確認する。

「あ、本当だ……」

「まっ、何処に何があったか分かるから、助かるわ。これなら、気配を探らなくてもええ」

朱詩さんは、白杖を頼りに砲台の前までやって来る。

「時間も無いしな……」

空を仰ぎ、そうぼやいた。

暗雲は、すぐそばに迫っていた。ゴロゴロという不穏な音は、遠雷か、それとも飛行機の音か。風はじっとりと重く、身体に粘るようにまとわりついている。

周囲の人も、少しずつ減っているように見えた。皆、雨を避けるために引き上げているのだろうか。

そんな中、朱詩さんは砲台の前でおもむろに腰を下ろした。

「ここからは、おじさんの仕事や」

朱詩さんは、長い人差し指をそっと唇に添える。静かに見ていろということなんだろうか。

僕とポン助は、それに従うように、その場に腰を下ろした。

朱詩さんは、ピックを携えてギターを持ち直す。弦を軽快に爪弾《つま》けば、湿った空気の中に澄み渡ったギターの音色が響いた。

朱詩さんが奏でる旋律は、不思議なものだった。彼の姿はイケイケのバンドマンだけど、その音色は激しくもあり、切なくもあり、ギターを弾いているにもかかわらず、三味線のような独特の味わいがあった。

僕もポン助も、言葉を発することすら忘れてしまう。台場から離れようとしていたカップル達も、足を止めてこちらを見つめていた。

そうしているうちに、砲台の上に何かがぼんやりと現れる。つい、瞬きをして目を擦《こす》ってみるものの、見間違いではないようだ。

「大砲だ……」

ポン助が戦慄《せんりつ》する。僕も、口をパクパクとさせるだけで言葉にならなかった。

朱詩さんの目の前にある砲台には、ぼんやりとしているものの、間違いなく大砲の姿があった。輪郭はおぼろげで、姿は揺らいでいるものの、その重厚さはヒシヒシと伝わって来る。

「おっ、お目覚めのようやな」

演奏を終えた朱詩さんは、立ち上がって大砲と向き合う。

『この旋律とその声は……、海座頭殿ではないか』

「大砲が喋《しゃべ》った！」

僕とポン助は目を剥《む》いて驚く。

「付喪神のようなものや。喋って当たり前やで」と朱詩さんは言う。

それでいいのかと思うものの、華舞鬼町にいた器物のアヤカシだって喋っていた。鳴釜なんて、口が何処にあるかすら分からないのに。

納得した僕とポン助は、黙って事の行く末を眺めることにした。朱詩さんも、大砲に向き直る。

「久しぶりやな。百五十年ぶりくらいか」

『大凡《おおよそ》そのくらいか。ところで、その姿と喋り方はどうした。気配はそのままだが、あの頃と随分様子が違うではないか』

「イメチェンや、イメチェン。モテそうやろ」

朱詩さんはへらへらと笑いながらそう言った。

元々はどんな姿だったか分からないけれど、女の子にモテたいがためにバンドマンになったんだろうか。僕の横で、ポン助が「おれもあんな風にしようかなー」と呟いていた。

「まあ、そんなことは、今は良いんや。世間話をするために呼んだんとちゃうわ」

『我を呼んだということは、江戸に危機が訪れているということか』

「せやね。ま、江戸じゃなくて東京やけど」

大砲は上空を見た――ような気がした。

『今度は、黒船ではなく黒雲か。ケガレの塊だな』

「毎年、うっすらとは来るものの、今年はちょいと多いんや。大きな事故が起こったら、俺だけじゃどうにもならんし、迎え撃ちたいんよ」

『成程。それならば、力を貸そう』

大砲はあっさりと承諾してくれる。僕とポン助は、ぐっと拳《こぶし》を握ってガッツポーズをした。

だが、その言葉には続きがあった。

『しかし、我だけでは火力が足りぬ。あれを霧散するには、少なくとももう一つの台場を目覚めさせねば』

「もう一つの台場、ねぇ」

朱詩さんは僕の方に顔を向ける。僕は、慌てて携帯端末で検索をした。

「ううん。ちゃんと残ってるのは、この第三台場だけみたいです。あとは小学校になったり、埋め立てられてたり……」

「たり？」と朱詩さんは続きを促す。

「海上にあって、行けないんですよ」

僕は、端末に表示された地図と、台場から見える風景を一致させる。

第六台場。

レインボーブリッジのすぐ近くにある台場である。しかし、この台場に侵入するための陸路はなく、しかも、立ち入り禁止なのだという。

「まさか、泳いでいくわけにもいかないし……」

「なら、歩いて行ったらええねん」

朱詩さんはあっさりとそう言う。

そうだった。このひとは海上を歩けるんだった。

「で、でも、立ち入り禁止で……」

「バレなきゃええんや、バレなきゃ」

朱詩さんは、悪戯《いたずら》っ子のような表情で笑った。

『目覚めさせるのならば、早くして欲しい。我も長くは留《とど》まっていられない』

大砲が僕達を急《せ》かす。今更、周囲を気にしてみるものの、カップル達はもう立ち去っていた。きっと、演奏が終わった時点でいなくなったのだろう。

「那由多、腹を括《くく》れよ」

ポン助は小さな手で、僕の脛《すね》をぺちぺちと叩《たた》いた。

「だ、だけど、僕はそもそも行けないし……」

陸路が無いならば、船で行くしかない。泳ぐなんて、以《もっ》ての外だ。だが、船を操舵《そうだ》出来るわけでもないし、誰かに連れて行って貰《もら》うわけにもいかない。

「ほんなら、おじさんが抱っこしていくわ」

「えっ⁉」

「お姫様抱っこ、したるわ」

朱詩さんはにやりと笑う。ポン助もまた、ニヤニヤと笑っていた。

「そ、それはちょっと……申し訳ないっていうか……」

「ほんなら、おんぶしたるわ。それでええやろ」

「ええ要素無いですよ!?」

思わず目を剝く。

そんな僕の頰に、ぽつりと滴が落ちた。雨か。

「時間、無いようやな」

朱詩さんが呟《つぶや》く。暗雲の指先は、もう、頭上に迫っていた。

「くっ、分かりましたよ。お姫様抱っこだろうが、おんぶだろうがしてください！」

「おっけー。那由多ちゃんは物分かりがええわ」

朱詩さんは親指を立てる。こんなところに『いいね！』は要らない。

「いいじゃねぇか、お姫様抱っこ。なかなかやって貰えるもんじゃねぇぜ」とポン助。

だが、そんなポン助に、朱詩さんは言った。

「おじさんが那由多ちゃんをお姫様抱っこして、那由多ちゃんがポン助ちゃんをお姫様抱っこな」

「ええっ、何でおれも」

「ポン助ちゃんの小さな身体で泳いだら、そのまま沖まで流されてまうよ」

ていた。

「ううう……」

ポン助のテンションが一気に下がる。尻尾《しっぽ》は垂れ、小さな耳はしんなりと伏せられていた。

「腹を括れよ、ポン助」

僕はポン助をひょいと持ち上げる。ポン助は最早、手打ちにされたうどんのように、だらりと手足を垂れ下げていた。

「野郎にお姫様抱っこされるなんて……。せめて、女の子にされたかった……」

「女の子にお姫様抱っこされちゃ駄目でしょ……」

まあ、ポン助は小さいから、女の子にとって負担じゃないかもしれないけれど。

「女の子をお姫様抱っこ出来るほどの甲斐《かい》性がつくとええね」

朱詩さんにさらりと鋭いことを言われ、「うぐっ」とポン助が呻《うめ》く。そんなポン助と大量の同人誌が入ったバッグを抱えた僕を、朱詩さんはひょいと抱き上げてしまった。

「ほな、行こか」

僕らを抱えつつ、白杖《はくじょう》を手にして、朱詩さんは軽い足取りで第三台場を後にしたのであった。

海を歩いて、第六台場までやって来た。

信じられないことだけど、事実なのだから仕方がない。途中、遠くをジェット船が横切っていたけれど、乗客に気付かれていないことを祈ろう。

第六台場は孤島になっていて、僕達は石造りの船着場と思《おぼ》しき場所へと降り立った。

「ほい、到着ぅ」

「有り難う御座います……」

お姫様抱っこをされていたことと、海上を歩いて渡るという非常識さに、いささかぐったりしながら上陸する。僕の腕の中では、ポン助も同じようにぐったりとしていた。

『立入禁止』と書かれた看板を見ないようにしつつ、島の中へと進む。誰も立ち入らないせいか、木々が青々と生い茂り、小さなジャングルのようになっていた。

ぶんぶんと飛ぶ羽虫を手でよけながら、朱詩さんとともに奥へと向かう。道が悪いというのに、朱詩さんは平気そうな様子で歩いていた。

「凄《すご》いな……。僕なんか必要ないんじゃないかな……」

「そんなことはないで」

朱詩さんは振り返る。僕の呟きは聞こえていたらしい。

「この島は無人やけど、今は、沖からやって来たケガレの気配が強過ぎるんや。砲台があった位置を正確に把握するには時間がかかり過ぎる。そこで、那由多ちゃんやポン助ちゃんの出番ってことや」

「お、お役に立てるならいいんですけど」

ぽつ、ぽつと頻に雨粒が落ちて来る。頭上の暗雲は、渦巻いているように見えた。真っ黒な手が鷲掴《わしづか》みにしようとしているかのようなそれを見て、僕は息を呑《の》む。

もう、時間が無い。

浜辺の方には、まだ人がたくさん残っているだろうか。まだ、事故は起きていないだろうか。

ゴロゴロと空が唸《うな》る。幾つもの妄念が、口々に呪言《じゅげん》を吐いているようにも聞こえた。

僅《わず》かに、腐ったおにぎりの臭いがする。ケガレの塊は、目前に迫っていた。

僕とポン助は顔を見合わせると、急いで朱詩さんについて行く。漂着物が落ちていたり、木の根が地を這《は》っていたりと歩き難《にく》かったけれど、立ち止まっている暇はない。

木々に囲まれた道をしばらく行くと、少しだけ開けている場所に出た。

だが、広場となっているその場所も、周囲は木々が覆い隠していて、見晴らしが良くなかった。

砲台が健在だった時は、この第六台場も見晴らしが良かったのだろう。だが、放置され続けた今は、その面影はない。

「ん ──……」

朱詩さんは白杖を地に付けて、気配を探る。

僕とポン助も辺りを見回して、目印を探した。

「ど、どれが砲台の跡なんだ……？」

ポン助はうろたえながらそう言った。

草木が繁茂する中、石造りの施設だったと思しきものが散り散りになっていた。石室のようなものは、弾薬庫だろうか。他にも、打ち棄てられた石材が転がっていたが、僕の知識では何がどうなっているのか分からない。

看板や解説を探すが、観光地ではないので見当たらない。最早、お手上げだった。

「いや……」

僕は、肩に頼もしい重みを感じる。

雨粒で濡《ぬ》れないように注意しつつ、インスタントカメラを取り出した。

「おっ、そうか。そいつで砲台があった場所を探すんだな！」

ポン助は、小さな耳をピンと立てる。

「うん。大砲の付喪神的な存在が残っているのならば、きっと、このカメラで何か分かるはず」

僕はその場から数歩離れると、ファインダー越しに第六台場を捉《とら》える。広場と思し

き場所全体が写るような場所までやって来たところで、シャッターを切った。僕とポン助

シャッター音を聞いた朱詩さんが、白杖を頼りにこちらにやって来る。

は、吐き出された写真が現像されるのを待った。

「どや。何か分かったん？」

朱詩さんが尋ねる。

写真の像は徐々に鮮明になり、やがて、全体が明らかになった。

現れたのは、モノクロの画像だった。木々のベールで隠されている周囲の景観が明らかになり、見晴らしが良くなっている。

そして、広場には砲車があった。その上には、大砲が載せられている。今や残骸《ざんがい》のみになっている弾薬庫も、立派なたたずまいになっていた。

「朱詩さん、こっちです！」

僕は朱詩さんの手を引く。写真の砲車と弾薬庫の位置関係を頼りに、崩壊した石が積まれている一角へとやって来た。

「おっ、ここはビンゴやで」

朱詩さんは気配を感じ取ったのか、その場に座り込む。ギターをかき鳴らし、あの、不思議な音色を奏で始めた。

僕達の目の前に、大砲の姿が浮かび上がる。

その頃には、腐ったおにぎりの臭いが周囲に充満していた。鼻がいいポン助は、小さな手でぎゅっと鼻を覆っている。

『ああ……。随分と長い間、眠っていたような気がする』

大砲は眠そうな声でそう言った。

『この気配は、海座頭殿か。ずいぶんと様子が変わったような……』

「世間話は後や。黒船より厄介なのが来とるんよ。ここで、目覚めの一発をかまして欲しいんや」

朱詩さんは拳《こぶし》を振り上げる。

「第三台場の兄弟には話をつけてあるで。詳しくは兄弟に聞いてや」

『成程、心得た』

大砲は一瞬だけ沈黙する。それから、合点がいったように『うむ』と相槌《あいづち》を打った。

『盆だから、死者と共にケガレがやって来ておるのだな。これは散らしておかねばなるまい』

大砲が、思いっきり息を吸ったように感じた。朱詩さんは、「耳を塞《ふさ》いだ方がええで」と僕達に忠告する。

僕もポン助も、促されるままに耳を塞ぐ。それと同時に、凄《すさ》まじい衝撃音が空気を震わせた。

「わっ――!」

火が点《つ》いていないのに、白煙がのぼる。火薬のにおいが、つんと鼻を衝《つ》いた。見えない砲弾が空気を押しのけ、視界を塞いでいた木々をなぎ倒しながら飛んで行く。開けた景色から、第三台場の方からも空気の塊が飛んで行くのが見えた。

二つの突風は一つとなり、雷鳴のような音を轟《とどろ》かせながら、暗雲を切り裂いていく。腐ったおにぎりの臭いはあっという間に霧散し、雨雲すら吹き飛ばした。

「お、おお……」

ポン助は犬歯が生えた口をあんぐりと開ける。僕も、開いた口が塞がらなかった。真っ黒な雲は一瞬にして消え去り、後には、何処までも澄み渡った青空が広がっていた。まとわりつくような湿気が無くなり、乾いた心地よい海風が頰を撫《な》でる。

「おー。ええ風や。お日様も、よう笑っとるようやな」

朱詩さんは、燦々《さんさん》と照り付ける太陽の方を向きながらそう言った。ギターを構え直すと、空に向かって弦を爪《つま》弾く。

その音色は、優しくもあり、何処か切なくもあった。まるで、吹き飛んだケガレをも慈しむかのような旋律だった。

雨雲が去った後には、大きな虹《にじ》がかかっていた。それがあまりにも見事で、僕は思わず、携帯端末のシャッターを切ってしまったのであった。

お台場の砂浜に戻った頃には、だいぶ日が傾いていた。

黄昏《たそがれ》色に染まる空を、カップル達が肩を抱きながら眺めている。そんな彼らを、僕ら男衆は遠目に眺めていた。

「仲睦《むつ》まじい子らがぎょうさんいて、めんこいなぁ」と、朱詩さんは微笑ましげに言った。熱々な雰囲気を感じ取っているのだろうか。

「朱詩さんは、リア充があんまり気にならないタイプなんですね……。僕は、どうも居心地が悪くて……」

「仲がええ子らが一緒におるんや。むしろ、祝福するところやろ。ついでに、女の子と遊べれば万々歳や」

「それは彼氏が怒るのでは⁉」

「問題あらへん。男の子も一緒や。仲間外れにはせんよ」

「そういう問題ではないのでは……」

僕はガックリと項垂《うなだ》れる。

「おれは無垢《むく》なカワウソだし、女の子に甘えにいきてぇな」とポン助がぼやく。

「無垢なカワウソは、自分のことを無垢だなんて言わないよ……」

今更ながら、どっと疲れがやって来た。両肩にかけたバッグが重い。

「せや。夜のお台場に繰り出す前に、那由多ちゃんとポン助ちゃんに聞きたいことがあったんや」

伸びをしていた朱詩さんは、急にこちらへ向き直った。

「夜のお台場って……。まあ、ツッコミをしていたらキリがないか。——で、何ですか？」

「狭間堂ちゃん、元気？」

朱詩さんの唇から紡がれた名前に、僕とポン助は目を丸くする。

「狭間堂さんのことを、知ってるんですか……？」

「っていうか、水の上に立つアレって、もしかして……」

ポン助の言葉に、ハッと思い出す。

そうだった。狭間堂さんは、いつも持ち歩いている扇子を使って、水の上に立つことが出来るんだった。

本当は歩けないといけないというのは、朱詩さんのように出来なくてはいけないということなんだろうか。

「水の上に立つの、ちゃんと出来るようになったんか。それ、おじさんが教えたんや」

朱詩さんは、弾《はじ》けんばかりの笑顔でそう言った。

「最初は、海のアヤカシにしか出来ないと思っとったらしいんやけど、コツを摑《つか》めば何とかなるよって言うたら、教えてくれって言われてなぁ。いやはや、教え甲斐《がい》のある子やったわ」

うんうん、と朱詩さんは何度も頷《うなず》く。

「歩けるようには、なってないみたいですけど……」

「ええねん。それくらいで充分やろ。あんまり上達すると、完全にこっち側に来てまう」

朱詩さんは、少し困ったように微笑んだ。

「こっち側って……」

「妖術《ようじゅつ》を上達させるっちゅーことは、アヤカシとしての技術を磨くわけや。それをやったら、アヤカシ側——つまりは、常世側へ更に傾くやろ」

「そう……ですけど」

「それはお勧め出来んのや。だから、狭間堂ちゃんには、ギリギリの一線を守るようには言っとったんやけど」

「お勧め出来ないって、どうしてですか……？」

おばけと言えば、試験も病気も無くて、死なない存在だと思っていた。ポン助も、不安そうに朱詩さんを見上げる。

「んー。浮世の者に依存しとるところが多いからな。浮世が少し傾いただけで、常世は揺らいでしまうんや」

「常世……なのに？」

「せや。浮世あっての常世なんやで」

朱詩さんは、僕とポン助を諭すように言った。

「さっきも言うたけど、知名度がゼロになったら……つまり、忘れられてしまったら、アヤカシは消えてしまうんや」

「お、おれも!?」

ポン助は、全身の毛を逆立てながら悲鳴をあげる。

「ポン助ちゃんは、どうなんやろな。獣のアヤカシやと、実体もしっかりしとるし、ちょいと違うかもしれんわ」

朱詩さんは、細い顎《あご》に手を当てて考え込む。ポン助は、生きた心地がしないといった表情で、その様子を見つめていた。

「ちゅーわけやから、アヤカシは忘れられないように努力する必要もあるわけやな」

「な、なるほど！　それじゃあ、おれはこれから、那由多が忘れないように、ずっと頭の上に乗ってるぜ！　常に重ければ忘れられねぇだろ！」

ポン助は良いアイディアだと言わんばかりに、僕の頭によじ登ろうとする。

「ちょっと待ってよ。そんなことしなくても、覚えてるから！」

ポン助はなかなか重いし、それがずっと乗っていると思うと、首の骨が心配だ。

「ま、カワウソが化ける話は言い伝えとして未だ残っとるし、しばらくは大丈夫やろ」

朱詩さんは、やんわりとポン助を抱いて下ろす。ポン助は、おとなしく僕の頭から下ろされた。

「話を戻すで。完全に常世に傾けば、狭間堂ちゃんも総元締めの役目を果たせなくなる。そこも、本人は分かっとると思うんやけど」

浮世にある程度傾いていることが、総元締めである条件だと朱詩さんは説明してくれた。

「浮世の存在がおるから、不安定な華舞鬼町は境界に存在出来るっちゅーわけや」

「狭間堂さんの存在が、華舞鬼町を維持している……」

「そう言っても、過言やない」

僕の言葉に、朱詩さんが頷く。狭間堂さんも、そう言っていたはずだ。

「でもそれって何だか」

人柱みたいだ、とは口に出来なかった。僕は思った以上に沈んだ顔をしていたようで、ポン助が不安そうに顔を覗《のぞ》き込む。

朱詩さんも、僕の心中を察したようで、眉尻《まゆじり》を下げてみせた。

「それが本人の望んだことや。おじさんには、年長者としてのアドバイスをすることしか出来へん」

「そう……ですか」

苦笑する朱詩さんは、少し歯がゆそうに見えた。このひとにも、思うところは沢山あるのだろう。

「それに、なんか、気になる子がおるって言うてな」

「誰が？」と僕とポン助は問う。

「狭間堂ちゃんが」と朱詩さんが答えた。

「気になる子って」

「もしかして……」

僕とポン助は、顔を見合わせる。心当たりはないけれど、これは、甘酸っぱい何かが関わっているのではないだろうか。

「ま、進捗《しんちょく》があったら教えてや。これ、おじさんのラインのアカウント」

朱詩さんは、袂《たもと》からひょいと携帯端末を取り出す。端末に語りかけると、音声メッセージと共に、アプリが起動した。

「うわっ、現代の利器を使いこなしてる……」

「狭間堂ちゃんにもラインを入れろって言うたんやけど、なかなか入れてくれなくてなぁ」

「ああ、狭間堂さんはそういうのに疎そうですね……」

こうして、僕は海座頭の朱詩さんと連絡先を交換する。それで気が済んだのか、朱詩さんは僕とポン助を一撫《な》でして、陽が沈むお台場の街に消えて行った。

「んでねー」と、今までとは全く違う訛《なま》りで挨拶《あいさつ》をしながら。

「……なんか、パワフルなアヤカシだったな」

短い手を振って見送りながら、ポン助は言った。

「うん。今を楽しんでるよね……」

朱詩さんの背中が見えなくなったのを確認すると、僕は振っていた手を下ろす。空を見上げれば、もう、一番星が浮かんでいた。

「総元締め……か」

狭間堂さんは、今も華舞鬼町の雑貨屋で接客をしているのだろうか。それとも、街の中をパトロールしているのだろうか。

僕が思ったよりも、色々なことを抱えていそうだ。そう思いながら、僕は携帯端末の壁紙にした、今日の虹《にじ》をじっと見つめていたのであった。

第三話　那由多と送り火

八月十五日。終戦記念日にして、お盆の最終日だ。

しんみりとした朝のニュースを眺めつつ、居間で朝食をとる。

祖母が買って来てくれたトマトが、夏バテしかけた身体に沁《し》みる。どうやら千葉県産とのことで、狭間堂さんの顔が過《よ》ぎった。

「あーあ。おじいちゃん、今日で帰っちゃうのね」

食事を終えた姉が、仏間の方へと向かいながらそうつぶやいた。

「あ、そうか。今日でお盆が終わりだから……」

僕には、お盆だから祖父が帰って来ているという実感があまりなかった。

何故なら、いつも祖父のインスタントカメラを持ち歩いているからだ。だから、祖父が常に近くにいるように思える。

「夕方に送ってあげましょ」

祖母はトマトを口に放り込みながら、そう言った。

背中はだいぶ丸くなっているけれど、まだまだ身体は元気だった。杖《つえ》や手すりがなくても、そこらじゅうを歩き回れるほどだ。

だが、普段は気丈な祖母も、今日は少し寂しそうだ。

「まあ、また来年も来てくれるさ」

テレビのチャンネルを替えながら、父が言った。いつもは出張であちらこちらを巡っているので、こうして一緒にご飯を食べられるのは珍しい。

「ダメだな。何処かで癒《いや》し系の番組をやってるかと思ったんだが」

「今日は何処も終戦記念日じゃない？　そんなに癒しが欲しいなら、ペットを飼えばいいのに」

空いた食器を片付けながら、母が提案をする。

「ペットを飼っても、俺はほとんど家にいないんだから、意味がないだろう。第一、世話をお前達に任せることになるし」

「私は別にいいけど。その代わり、犬が良いな。小さい柴犬《しばいぬ》」

姉が仏間から顔を覗《のぞ》かせる。

「それはお前が欲しいものだろ」と父は呆《あき》れた。

「私は猫がいい」と祖母。

「母さん、ペットを飼いたいなら、自分で買っていいんだよ……」

父はチャンネルを替えるのを諦《あきら》め、リモコンをテーブルの上に置いた。

「那由多、お前はどうなんだ？」

「へ？」

急に話題を振られ、僕は目を丸くする。

「ペット。欲しくはないのか？」

「っていうか、ペットを飼っていいの？」

「ああ。ペット禁止のマンションで暮らしていた時は駄目だったが、もう大丈夫だ」

「あ、なるほど」と僕は納得する。

「で、どうなんだ？」

「う、うーん……」

僕は首を傾げる。

ペットというわけじゃないけど、動物はもう間に合っていた。華舞鬼町に行けばポン助に会えるし、獣のアヤカシだっている。

「特には……良いかな」

「そうか。お前は、あんまり自己主張をしないからな。遠慮せずに言っていいんだぞ。ジンベイザメが欲しいなんて言われたら、父さんの収入ではちょっと無理だけどな」

「う、うん……。ジンベイザメは別にいいや。大きいし」

「だから、豆柴がいいのよ」

姉が間髪を容《い》れずに柴犬を推す。

「あ、でも、豆柴もいいけど、ちょっと大きい柴犬も可愛いわよね。凜々《りり》しさの中に可愛さがあって。可愛い系のイケメンってやつね」

「猫のつれないところの方がいいわ。媚《こ》びない気高さが魅力なのよ」

祖母は姉に対抗するかのように、猫の良さを主張し始めた。

父は僕と顔を見合わせたかと思うと、残ったご飯をさっさと掻《か》き込んで、席を立った。

「さて。母さんが食器洗いなら、父さんは掃除をしないとな……」

母親と娘の、猫派と犬派による仁義なき戦いから逃れたいのだろう。僕も、心底巻き込まれたくない。

「あ……、と、父さん」

「ん？」

父は居間から逃げ腰になりつつも、僕の声に耳を傾けてくれた。

「ペットは要らないけど、カメラなら欲しい……かも」

「カメラか」

父は、少しだけ意外そうな顔をしたものの、すぐに納得したように頷《うなず》いた。

「あんまり高いのは買えないけど、誕生日にプレゼントしてやろうか。それまでは、お父さん――お前のお祖父《じい》ちゃんのカメラを借りてくれ」

「それなら、もう持ってるでしょ」

姉は仁義なき戦いから離脱し、横槍《よこやり》を入れる。

「もう持ってる？」と父がこちらを見、祖母も僕のことを見つめる。

「あ、うん。その、インスタントカメラを……」

「ああ。お祖父ちゃんがいつも持ち歩いていたやつか」

父はすぐに思い至ったらしい。

「すぐにその瞬間を切り取れるように、ってね。今思うと、仕事のカメラよりも、あのカメラで撮った写真の方が多いんじゃないかしら」

祖母も、懐かしそうに目を細める。

「そうだったんだ……」

あのインスタントカメラをどう使っていたか、僕は知らなかった。父と祖母の話からすると、今の携帯のカメラのような使い方をしていたんだろうか。

「あのインスタントカメラで撮った写真専用のアルバムがあるのよ」

祖母がそう言って、席を立つ。

「おっ、久しぶりに見るな。まだとっておいてあったんだ」と、父は家事のことをすっかり忘れて目を輝かせる。

「捨てるわけないじゃない。あの人との大事な思い出なんだから」

仏間に向かった祖母は、古びたアルバムを手にして姉と共に戻って来た。アルバムは分厚く、表紙は既に変色していた。ページを開くと、いささか色褪《あ》せたインスタントカメラの写真が現れる。

「うわぁ……」

ふわりと、古いフィルムのにおいがした気がした。

キッチンから母もやって来て、僕達と一緒にアルバムを覗《のぞ》き込む。

「これは、あんた達が生まれる前ね。都電がまだまだ全盛期だった頃よ」

高いビルの無い街の大通りを、都電が自動車と一緒に走っていた。

三〇〇〇形の古い車種で、今はもう見ないタイプだ。高いビルが無いので空が広いかと言うとそうではなくて、電線がこれでもかというほど張り巡らされていた。道往く女性の服装は、和服だったり、割烹《かっぽう》着だったりと、レトロさを感じさせる。

祖母がページをめくるたびに、今はもう見られなくなってしまった建物が、次々と現れる。

「昔の渋谷《しぶや》なんて、今みたいなお洒落《しゃれ》なところじゃなかったのよ。おじさんの飲み屋街でね。今の新橋《しんばし》みたいな感じかしら」

「えっと、ロープウェイもあったんだっけ……」

玉《たま》電の玉さんと会った時の、昔の渋谷の話を思い出す。僕が口を挟むと、祖母達は目を丸くしてこちらを見つめた。

「え、えっと……」

「あんた、よく知ってるわね。学校でやったの？」

祖母が感心したように言った。

「ううん。その、個人的に調べたから、偶々《たまたま》知ってただけで……」

姉も、開いた口が塞《ふさ》がらないようだ。

「個人的に調べたって、あんた、そんなことにも興味持ってたんだ。大量の本を抱えて夏コミってやつから帰って来た時は、将来を絶望しかけたけど」

「ど、同人誌のことはどうでもいいだろ」

夏コミから帰宅した僕を見た時、姉が哀しいような呆れたような顔をしていたのを思い出し、こっちまで虚《むな》しい気分になる。

「それなら、この建物はどうだい？　あんたの好きな秋葉原《あきはばら》の近くにあったんだけど」

「秋葉原自体が好きというわけでは……。まあ、いいや……」

祖母が見せてくれたのは、白い三階建ての建物だった。何だっけ、と思うものの、その建物のそばにある橋には見覚えがあった。

「万世橋駅《まんせいばし》……かな？　でも、駅舎っぽくないような……」

祖母は目を丸くし、父と母が顔を見合わせる。

「これは、交通博物館だ。移転する前のやつだな。俺は、父さんによく連れて行って貰《もら》ったよ」

父は、白い建物を眺めながらそう言った。

「万世橋駅があったのは、その前ね」と祖母が付け加える。

「この交通博物館と併設されてたのよ。私はこうなる前を知らないんだけど、何でも、綺麗《きれい》な駅舎だったみたいだね」

「煉瓦《れんが》造りの駅舎だった気が……」

「そうそう。それよ、それ！　絵葉書で見たわ」

祖母が目を輝かせる。

しまった。予想以上の食いつき方だ。姉は勿論《もちろん》、父や母すら、感心したように「へえー」と相槌《あいづち》を打っていた。

「昔の東京に興味があるんだったら、他のアルバムも見なさい。ほら、お祖父ちゃんが撮ったのを、全部持って来るから」

祖母は丸まっていた背中をしゃんと伸ばし、写真館の方へと消えて行った。その駆けて行く様子は、十歳ほど若返ったようにも見えたのであった。

「――ということがありまして」

ちゃぶ台の上に突っ伏しながら、僕は今朝の出来事を報告した。

「はは。それは大変だったね」と正面の席の狭間堂さんが苦笑する。

僕は今、華舞鬼町の雑貨屋にいる。祖母の昔話が途切れたところで、何とか離脱して来たのだ。

「昔の貴重な写真をたくさん見せて貰いましたけどね。でも、一気に見るのはキツイなぁって……」

「確かに。まあ、続きは時間のある時にでも、お祖母《ばあ》さんに聞きに行けばいいんじゃないかな。きっと、喜んで話してくれると思うよ」

「そうですね。昔の風景を知っていると、今の風景も違って見えて面白いし……」

ハナさんが淹《い》れてくれた麦茶を飲みながら、ほっと溜息《ためいき》を吐く。開けた窓から入って来る風が、吊《つ》り下げられた江戸風鈴を鳴らした。涼しげな音色に、情報過多でくたびれてしまった心が癒《いや》される。

「ところで、狭間堂さんは何をしているんですか？」

さっきから、木で作られた骨組みに糊《のり》のようなものを塗っては、紙を貼っていた。完成したものが飲食スペースの座敷に並べられているが、小さな灯籠《とうろう》のようにも見えた。

「今日の夜、灯籠流しをするからね。その灯籠を作っているのさ」

「お盆の最終日だから、ですか？」

「うん。ここは境界の街だからね。色んな人が迷い込み易いんだ。だから、そういう人達が常世へと行けるように、道を示すんだよ」

入り口から十二階にかけて、屋形船が往けるほどの水路がある。そこをライトアップし、更に灯籠を流すのだという。十二階のそばには駅があり、そこから常世へと行けるので、迷子の死者を誘導するそうだ。

「それは、大事な仕事ですね……。僕が手伝うにも、不器用だしな……」

「不器用なのは僕も一緒だよ」

狭間堂さんは、座敷の一角を顎《あご》で示す。するとそこには、丸まった紙が積み上がっていた。骨組みに貼ろうとして、失敗したものらしい。

「正直、僕は足を引っ張るだけだと思ってるんだけどね。でも、一つでも多く作っておきたいし……」

「ハナさんは……」

「ハナさんなら、これから追加の素材を取りに行くところだよ。僕は、お昼になるまでに一つでも多く完成させるつもり」

「お昼になったら、どうするんですか？」

「灯籠流しの打ち合わせだね。段取りを確認したり、灯りのチェックをしたり、やることは色々さ」

「大変ですね……」と気が遠くなる想いで言った。

「大変だけど、それは僕がやらないと」

狭間堂さんは、力強く微笑んだ。その頼もしくも達観したような笑みを見ていると、とても遠い存在に感じた。

(でも、狭間堂さんも人間なんだ……)

朱詩さんの、少し気遣うような顔を思い出す。

何か手伝えることはないかと顔を上げると、狭間堂さんと目が合った。狭間堂さんは、僕が言わんとしていることを察してくれたのか、ふっと微笑む。

「那由多君、一つ頼まれてくれないかな」

「何ですか？　僕に出来ることなら、手伝いますけど」

「ハナさんと一緒に、十二階まで行ってくれないかな。ハナさんは力持ちだけど、腕は二本だからさ」

「あ、なるほど。分かりました」

僕は深く頷《うなず》く。

「二往復するところが一往復になれば、その分、こっちも手伝って貰えるからね……」

「それは、切実な話ですね……！」

奥からは、出掛ける支度を終えたハナさんがやって来る。僕はそんなハナさんと一緒に、十二階に向けて出発したのであった。

十二階の中は、商業施設になっていた。

カタツムリみたいな顔をした撞木《しゅもく》のアヤカシが案内をしてくれたり、蜘蛛《くも》みたいに手足がたくさん生えたアヤカシが機を織っていたりする。東京スカイツリーも、中には商業施設が沢山入っていたなと思い出しつつ、ハナさんと一緒に素材を受け取り、十二階を後にした。

「本日のライトアップは、十二階から眺めると素敵ですわよ。ハナも、一度だけ見たことがあるのですわ」

「麓《ふもと》の水路まで、一直線に光の道が出来るんですよね。写真に撮ったら、いいんだろうなぁ」

「まあ、それは名案ですわ！　狭間堂さんに相談しましょう！」

ハナさんは、大量の木材を抱えつつ、目を輝かせる。一方、束ねられた紙を持った僕は、ちょっとだけ苦笑した。

「でも、灯籠と同じ目線で撮るのも良さそうですよね。遠くからだと、全体はよく写るけど、灯籠が写らないし」

「ふむ、一理ありますわね」

「準備を手伝いつつ、どっちが良く撮れるかを考えてみますよ。意外と、思いもよらないところから撮った方が面白いかもしれないし」

現場をうろついてこそ、気付くこともある。

暗にそう言う僕を、ハナさんはじっと見つめていた。

「え、えっと、何か……」

「いいえ。那由多さんは、すっかりプロのカメラマンのようだと思っただけですわ」

「えっ、ええ⁉」

あまりにも恐れ多くて、声が裏返る。

「プロのカメラマンだなんて。いやいや。全然ですよ！　そもそも、それでお金を貰ってないし！　じゅ、需要も無いし！」

つい、必死になって否定してしまう。だが、ハナさんは静かに首を横に振った。

「いいえ。需要はありますわ。那由多さんが撮った写真を見に、写真館にひとがやってくるではありませんか」

「そ、それは、過去の写真が物珍しいからで……」

「那由多さん」

僕の言葉を、ハナさんが遮る。見ると、ハナさんは腰に手を当てんばかりにふんぞり返っていた。

「は、はい……！」と、呼ばれた反射で返事をする。

「自分に自信を持って下さいな。そうでないと、那由多さんに撮られた写真も、自信を持てなくなってしまいますわ！」

「僕に撮られた写真……」

「そうですわ」とハナさんは頷く。

「那由多さんは、一つ一つ心を込めて撮ったではありませんか。その気持ちに、自信を持つのです。そうすることが、写真と撮られた方への礼儀ですわ」

そうか。僕が自分を否定すれば否定するだけ、そこに関わった人達も一緒に否定してしまうことになる。八重《やえ》さんだって、玉さんだって、とても良い被写体なのに。

「じ、自信が持てるように……、頑張ります……」

「それがよろしいですわ」

ハナさんは大いに頷く。

水路の左右にある柳の木には、小さな灯りが幾つもぶら下がっていた。アヤカシ達が脚立に乗って、その位置を調整している。

水路沿いの大通りには、露店がぽつぽつと出ていた。大判焼や焼きそばにタコ焼き、射的やヨーヨー釣りなんかもある。既に良い匂いをさせている店もあった。

「何だか、お祭の前みたいですね」

「そうですわね。華舞鬼町の名物の一つですわ。今では、遠くからこの催しを見に来る方もいらっしゃいますし」

ハナさんは、誇らしげにそう言った。

「華舞鬼町の名物かぁ。人が多いのはちょっと苦手だけど、こういう雰囲気は――悪くないですね。そう言おうとした、その時だった。」

大判焼の香ばしい匂いに混じって、ツンとした異臭がしたのは。

僕はその場で立ち止まる。一歩遅れて、ハナさんも足を止めた。

「おにぎりの、腐った臭いがするような……」

「亡者の気配、ですわね。もう紛れていてもおかしくはありませんが……」

だが、強い臭いがしたのは一瞬だけだった。風向きのせいなのだろうか。あとは、僅《わず》かに臭うような気がするだけで、気のせいかもしれないとすら思った。

「あっ」

ハナさんが声をあげる。その視線の先を追うと、大通り沿いの建物の陰に、小さな人影があるのに気付いた。

「あの方、もう亡くなっている方ですわね……」

「う、うん。そんな感じの子がいるような……」

小さな男の子だった。小学生くらいだろうか。

きょろきょろと辺りを見回していて、迷子であることは一目瞭然《りょうぜん》だった。だが、廣田さんのお婆さんの時のような、ざわざわとした感じはない。

「あんまり、あの臭いがしない気がするんだけど……」

「ケガレがほとんど無いからですわ。きっと、供養されているのです」

つまり、然《しか》るべきところへ逝ってから、お盆になって還《かえ》って来て、今日また然るべきところに戻るということか。

「あのくらいの方でしたら、アヤカシにも那由多さん達にも、ほとんど影響は御座いませんわ。夜の送り火で、常世に案内することも出来ますけど……」

そう言いつつも、ハナさんは心配そうだ。僕だって、小さな子が迷子になっていたら、声をかけてあげたくなる。

「あ……」

僕達が躊躇《ちゅうちょ》しているうちに、男の子は踵《きびす》を返す。そして、建物と建物の裏の、狭い路地へと消えて行った。

「あそこって、もしかして……」

僕は息を呑《の》む。

確か、あの怪しげな通りではなかったか。僕が華舞鬼町に迷い込んだ時、恐ろしげなアヤカシにかどわかされそうになった、あの。

「追いかけましょう……！」

「合点承知ですわ！」

あの路地に入るのは怖かったけれど、小さな子が迷い込んでは大変だ。それに、今はハナさんもいる。

路地に入り込んだ瞬間、周囲の空気が一変した。先程まで昼の明るさで満たされていたのだが、急にどんよりとした暗さに包まれる。

寂れた家屋が点々と続き、下り坂になっている道の先は、闇に包まれていてよく見えない。

そんな中を、男の子は物怖《お》じせずに歩いて行く。まるで、好奇心に導かれるかのように。

「待っ――」

僕は声を掛けようとする。しかし、ハナさんが僕の上着の裾《すそ》を摑《つか》んだ。

「なっ……」

「那由多さん……！」

ハナさんは声を潜め、薄汚れた電柱の陰に隠れる。僕も、引きずられるようにして、身を寄せた。

息を殺しながら、前方を見やる。

すると、男の子の目の前に、ずるりと真っ黒な塊が現れたではないか。

（あいつ……）

僕よりも遥《はる》かに大きなそれは、のっぺりとした真っ白なお面をしている。マントを頭からすっぽり被《かぶ》っていて、やけにひょろ長かった。

間違いない。華舞鬼町に迷い込んだ僕に、声を掛けたアヤカシだ。今はぺったんこだけど、人間が入りそうな袋も持っている。

「坊や、迷子かい？」

そいつは、やけに優しい声で男の子に話しかける。男の子は、立ち止まってアヤカシを見上げた。

その瞬間、アヤカシの手がにゅるりと伸び、男の子の首根っこを掴む。

「あっ……！」

男の子は悲鳴をあげる間もなく、アヤカシが持っている袋の中に放り込まれてしまった。

（助けないと……）

そう思うものの、身体が動かない。足が震えてしまい、手には汗が滲《にじ》む。突然のことに興奮しているはずなのに、身体の芯《しん》はやけに冷えていた。

アヤカシは袋の入り口をキュッと締めると、何事もなかったかのように去って行く。下り坂の向こうの、闇の中へと。

アヤカシの背中が見えなくなった瞬間、僕は、金縛りが解けたみたいにつんのめった。

「ど、ど、どうしよう。追わないと！」

そうは言うものの、声はすっかり震えている。歯の根が合わず、カチカチと奥歯が鳴った。

「わ、私達ではどうにもなりませんわ。まずは、狭間堂さんに報告をしないと！」

ハナさんも、血相を変えてそう言った。

怪力を持っているハナさんでも危険なのか。

（まあ、あいつは見るからにヤバそうだもんな……）

力押しではどうにもならなそうな相手だ。

しかも、ここは華舞鬼町ですら住み難《にく》いアヤカシがいるという。それならば、危険はあいつだけではなさそうだ。

（でも……）

あの怪しいアヤカシが消えて行った方を見やる。こうしているうちにも、あいつはどんどん離れていく。そして、あの男の子も。

僕達が狭間堂さんを呼んで来て、それから探して間に合うだろうか。もし、男の子がどうにかされてしまったらどうしよう。たとえば、食べられてしまうとか――。

「ハナさん。僕、あいつを追いかける」

「えっ、でも……！」

「ハナさんは狭間堂さんを呼んで来て。僕は、あいつが男の子を何処に連れて行くか、ちゃんと見届ける」

「那由多さん……」

ハナさんは明らかに僕の身を案じている。僕だって、出過ぎたことを言っている自覚はある。

でも、背に腹は代えられない。

「分かりましたわ」

ハナさんは、覚悟を決めた顔で頷《うなず》いた。

「その代わりに、無理をなさらないで下さいまし」

「うん。ま、まあ、僕も自分の命は惜しいから、危なくなったら逃げるよ……」

「ええ。那由多さんの身の安全を優先にして下さいな。那由多さんは浮世の方ですし、ご家族もいらっしゃいますから」

ハナさんに言われ、家族の顔を思い出す。僕がどうにかなってしまったら、あの勝気な姉も泣くだろうか。

「……うん」

バッグの上から、インスタントカメラをぎゅっと抱く。祖父が、守ってくれるようにと。

「では、頼みますわ！」

「うん！」

ハナさんは表通りへ走っていく。光の向こうに消えるハナさんを見送ると、急に心細くなってきた。

「いや、行かなきゃ……」

僕は頭を振り、踵を返す。あの怪しいアヤカシの背中を追い求め、足音を忍ばせながら薄暗い道を往く。

下り坂を進む毎に、空気が重くなっていく。まとわりつくような湿気に、僕の歩みはどんどん遅くなっていった。

「あっ……」

闇の向こうに、黒い塊が見える。不自然にひょろ長いそのシルエットは、間違いなくあのアヤカシだ。

廃墟《はいきょ》のような家々に囲まれた路地の突き当たりには、一際大きな家があった。古い平屋の日本家屋で、塀は崩れかけ、庭の木々は朽ちている。

（ケガレの臭いもする……）

電柱に隠れながら、真っ黒なアヤカシの後を追う。

カビの臭いと、腐ったおにぎりの臭いと、有機物的で不快な臭いが充満していた。

（これ以上は、やめた方が良いかな……）

アヤカシは傾いた門を越え、日本家屋へと入っていく。後ろを振り返るものの、当然のように狭間堂さんはまだ来ない。

あのアヤカシの目的地は分かった。しばらくはここを動かないだろう。だったら、僕の役目は終わりなんじゃないだろうか。ハナさんの言う通り、無茶はしちゃいけない。

踵《きびす》を返そうとしたその時、坂道の上の方から話し声が聞こえた。

狭間堂さんやハナさんではない。やけに濁った声と、やけに甲高い声だ。それと一緒に、ほんのりとケガレの臭いも近づいて来る。

「まずい……！」

このままでは見つかる。

そう思った僕は、咄嗟《とっさ》に目の前にある日本家屋の中へと、転がるように入り込んでしまったのであった。

玄関は開けっ放しだった。いや、戸が外れていて閉まらないようだった。

最早この家は、家の機能を果たしていない。家として死んでしまっている。

なのに、あのアヤカシはこんなところに何の用事なんだろうか。

廊下に灯りはなく、重々しい闇が下りていた。床は腐っていて、一歩踏み込めば軋《きし》んだ音がする。慌てて足を止めるが、気付かれた様子はなかった。

奥の方から、話し声がする。あのアヤカシ以外にも、誰かがいるみたいだった。耳を澄ませてみるものの、背後からも話し声がやって来た。

（まずい……！）

坂道を下って来たアヤカシ達まで、この家の中に入り込んだらしい。

このままでは、挟み撃ちにされてしまう。そう思った僕は、手近にあった物置の中に逃げ込んだ。

ツンとした臭いがする。物置の中は乱雑で、貧弱男子の僕ですら、隠れるので精いっぱいだった。暗くてよく見えないけれど、手に触れているぬるぬるとしたものは、濡《ぬ》れた雑巾《ぞうきん》だろうか。

（妙なものじゃありませんように）

物置の前を、二つの気配が通り過ぎる。背後からやって来たアヤカシは、やり過ごせたらしい。

「おお、ようやく揃ったかい」

あのひょろ長いアヤカシの声がした。この物置がある廊下の奥に、ひとが集まれる場所があるらしい。構造からして、恐らく居間だろう。物置の扉越しでも、ざわざわとした気配が伝わって来る。

「遅くなって悪かった」とやって来た二体のアヤカシの内の、ひとりが言った。

「それにしても、人間のにおいがするような気がするが」ともう片方のアヤカシが言った。

（ひぃ……）

漏れそうになる悲鳴を、必死にかみ殺す。

対するひょろ長いアヤカシは、「この子のせいじゃないかな？」と言った。布擦れの音が聞こえたので、手にした袋を見せたのだろうか。あの、男の子の霊が入った袋を。

「もう捕まえたのか」とやって来たアヤカシ。

「迷子らしい。ここの通りに入って来たのが僥倖《ぎょうこう》だったね。難なく捕まえられたよ。これは、全てが終わった後に酒のつまみにしよう」

「それはいい!」と居間にいる別のアヤカシが上機嫌で答えた。

つまみってどういうことだ? 食べるってことか?

背中を嫌な汗が伝う。心臓が早鐘のように打っているが、彼らに気付かれやしないだろうか。

アヤカシ達の気配は、居間でひとまとまりになる。どうやら、皆が各々の席に着いたらしい。

「さて。今年も祭の時期がやって来た」

まとめ役と思《おぼ》しきものの声がする。妙にガサガサした声だ。人間ではないのだろうなということが、ひしひしと伝わって来る。

「去年は送り火に阻まれてしまったが、今年こそは我らが一致団結して成功させよう。――常世に渡る死者達を捕え、我らが糧にすることを」

糧――。

つまりは、お盆帰りの死者を食べようというのだろうか。

背筋から脳天にかけて、ぞっと寒気が走る。喉《のど》の奥から、何かが込み上げて来そうだった。

「だが、どうする。今年は送り火を増やすそうじゃないか。総元締め殿も灯籠《とうろう》の素材を大量に持っていただろう」

僕は、素材の紙をぎゅっと抱く。多分もう、触れている部分は僕の汗でベタベタになっているだろう。

「我らは光に弱い。それに、表の連中に現場を見られるのもまずい」

また別のアヤカシがそう言った。もう、居間に何人いるのか、誰がどの声なのかも分からなくなってきた。

「器物の連中は黙っちゃいないぞ。奴らは人間の味方だ。我らを排除せよと狭間堂に進言するだろう」

「そうなれば、狭間堂も我らを見過ごせまい。この通りを整備し、我らを排除せざるを得なくなる」

「あのお人好《よ》しが、そんなことを？」

「根はお人好しだが、やる時はやるだろう。自分のお人好しな気持ちを殺してもな。そういう人間だ」

つまりは、総元締めとしての役割を果たすため、そして、華舞鬼町の多くの住民の意見を尊重するため、自分の気持ちは後回しにするということか。

（狭間堂さんは、確かにそうしそうな気がする……）

普段は優しくもあり、のらりくらりともしているけれど、あの穏やかな眼差《まなざ》しの中には覚悟が宿っているようにも見えた。

「狭間堂のことは、今はいいんじゃないのか？」

急に割り込んだ、やけに鮮明な声に、僕は背中がはねそうになった。

（この声は、もしかして……）

「己《お》れは、狭間堂談義を聞きに来たわけじゃないんだぜ？」

円さんだ。

円さんも、居間にいる胡散《うさん》臭いアヤカシ集団の中にいたらしい。

「ああ、そうだった。総元締め殿に執心のお前には、退屈な話題だったかもしれないな。何せ、毎日飽きもせずに取材をしている身だ。我らの何倍も、狭間堂のことを知っていることだろう」

「そうでもないさ」と円さんは答える。

「しかし、円の言う通りだ。我らが話すべきは、総元締め殿のことではない。常世に向かう人間の魂を、どう掠《かす》め取るかだ」

まとめ役と思しきアヤカシが、話題を戻す。

「あの忌まわしい送り火をどうにかしたいものだが」

「そうだ。どうにかすればいいのでは？」

「送り火を消してしまおう。我らが協力し合えば、あの程度の送り火なら吹き消すことが出来よう」

彼らは、口々にそう言った。

水路に浮かべられた多くの送り火。それが、一陣の風によって吹き消される様を想像する。

恐らく、柳の木に下がった灯りも一緒に消すつもりだろう。そうなったら、華舞鬼町はどうなるか。

ガス灯ならば、ぽつぽつとある。民家の灯りもある。だが、それはいずれも浮世の灯りに比べて心許《もと》ないものなので、アヤカシが闇に紛れて人間の魂を攫《さら》うことも、容易に思えた。

居間では話がまとまったようだ。

どのタイミングで送り火を消すか、誰がどの辺りにひそむかという話がトントン拍子に進む。

僕はもう、生きた心地がしなかった。自分は物置に放置された雑巾の中の一枚なのだと己に言い聞かせ、ただひたすら気配を殺した。

「さて、これで話は終わりかい？」

円さんの声がする。「ああ。この方針で行こう」と別のアヤカシが答えた。

「それなら、己れはこれで失礼するぜ」

「何だ。酒でも飲んで行けばいいのに」と他のアヤカシが誘う。

するとヽ円さんはこう答えた。

「己れは君達と違って、表の仕事もあるんでね。祭の取材をしなきゃならない」

「そう言って、狭間堂に報告に行くわけではあるまいな」

「そうするメリットが、己れには無い。新聞社にはタレこむかもしれないがね」

円さんは冗談っぽくそう言って、居間を後にする。その足音は徐々に近づいて来て、僕の前を通り過ぎて去って行った。

「相変わらず、食えないやつ」とアヤカシのひとりが言う。

「まあ、新聞社のことは冗談だろう。彼の立場も危うくなるからな」

「彼も、せっかく手に入れた表の居場所を手放したくはないだろうさ。何だかんだ言って、元々は人間だからな。光が恋しいものなのさ」

アヤカシ達は口々にそう言いつつも、徐々に酒の話題に移っていく。

ぞろぞろと足音がして、声が遠ざかっていく。宴《うたげ》の準備でもするのだろうか。物置から出て、この家を後にするならば、今がチャンスだ。

（男の子、大丈夫かな……）

何とかしたい。でも、今の僕が出て行ったところで、アヤカシ達に捕まって袋の中に放り込まれるのが精々だろう。

（無事でいますように……！）

心底そう思いつつ、床を鳴らさないように摺《す》り足で日本家屋の外へと出る。そこからはもう、走るしかなかった。

上り坂を一目散に駆け上がる。まとわりついていた重々しい空気は、上に行けば上に行くほど、少しずつ薄れて行った。

そして――。

「円さん……！」

中腹まで来たところで、円さんの背中が見えた。声を掛けられた円さんは、驚きもせずに振り向いた。

「やあ、那由多君。こんなところで会うとは、実に奇遇だ。――なんてね」

「……気付いていたんですか」

「気付いてないとでも？」

円さんは意地悪な笑みを浮かべる。言い返しそうになったけれど、ぐっと堪《こら》えた。

今は、そんな話をしている場合じゃない。

「その、円さん。これから、狭間堂さんに報告に行くんですよね」

「何故？」

「な、何故って。円さんは良いんですか？　あなただって、元々は人間じゃないですか。そ、それなのに、人間の死者が掠め取られて、食べられてしまうところを見たいんですか？」

僕は一気にまくし立てる。それを、円さんは黙って見つめていた。

こわい。円さんの鋭い双眸《そうぼう》が、じっとこちらを見つめている。深淵《しんえん》のようなそれに、呑《の》み込まれそうで恐ろしかった。

でも、目がそらせない。恐怖からではない。そらしたくなかったからだ。

どれほど時間が経っただろう。もしかしたら、ほんの数秒かもしれない。僕にとっては長い時間をかけて、円さんは口を開いた。

「那由多君は、勘違いをしているようだ」

「勘……違い？」

「己れだって、人間の魂を喰《く》らっているのだぜ？」

円さんは、薄く微笑む。その、あまりにも人間離れした妖艶《ようえん》な笑みに、僕は背筋が寒くなるのを感じた。

「え、ど、どういう……」

「残留思念の集合体——それはつまり、人間の霊を取り込んでるってことさ。己れは、取り込めば取り込んだだけ、大きな存在になれるんだ」

「それじゃあ……」

「あの袋の中の少年も、己れは是非欲しいものだね」

円さんはそう言って、大通りの方へと歩き出す。僕の足は動こうとはせず、その後を追うことは出来なかった。

円さんが向かう方角から、二つの影がやって来る。それは、狭間堂さんとハナさんだった。

「那由多君！　円君も……！」

駆け付けた狭間堂さんは、僕達を交互に見やる。円さんは狭間堂さんを一瞥《いちべつ》すると、軽く肩をすくめた。

「その勇敢な那由多君は、総元締め殿に話があるそうだ。聞いてやり給えよ」

僕を顎《あご》で示すと、円さんはさっさと大通りの方へと消えてしまう。見送りもそこそこに、狭間堂さんは僕に駆け寄ってくれた。

「何があったんだい、那由多君」

「実は……」

自分が見たことを、狭間堂さんに話そうとする。

だけど、急に緊張感が解けたせいで、報告するより早く、狭間堂さんの腕の中へと倒れ込んでしまったのであった。

狭間堂さんに支えられながら、僕は華舞鬼町の大通りを往く。

通行人のアヤカシが心配そうにこちらを見やるが、大丈夫だと教えるために笑顔を向けた。まあ、上手《うま》く微笑めていたかは疑問だけど。

「那由多さん、やっぱりハナがおんぶしましょうか？」

「い、いや、大丈夫です！　ちょっと、力が抜けただけで……」

僕達は、華舞鬼町の入り口にある雑貨屋へと向かっている。その道すがら、狭間堂さんに事のあらましは伝えておいた。ただ一つ、円さんのことを除いて。

「成程ね。路地裏の彼らは、この街に迷い込んだ人達を喰らおうとしているわけか……。去年も同じようなことがあったから、今年は送り火を増やしたんだけど……」

「去年は、どうしたんですか？」

「大半は、送り火に怯《ひる》んだけどね。そうじゃないひとは、僕が、『めっ』って言ったんだ」

狭間堂さんは、袂《たもと》から扇子を見せながらそう言った。きっと、死者の魂に手を伸ばした彼らを、追い払ったのだろう。

「……灯籠《とうろう》流しの時だけ、締め出した方がいいんじゃないかな」

僕はぽつりとこぼす。でも、狭間堂さんは首を横に振った。

「ううん。それだと、彼らの居場所が無くなってしまう。一時的にでも、それは良くないと思うんだ。彼らは、他の場所に居辛《づら》いからここにいるのに」

「でも、それは悪いことをするからで――」

狭間堂さんの扇子が、僕の言葉を遮る。

「良い悪いっていうのは、どちらかにとって一方的なものなのさ。彼らは、何も悪事を働こうとしているわけじゃない。彼らがしていることが、結果的に、僕達にとっての悪事になってしまっているだけさ」

「それって、どういう……」

「那由多君、肉は好きかい？」

「まあまあ……ですかね。あんまり脂身が多いと苦手かも。ささ身は好きです」

「僕もささ身は好きだね。でもさ、それって鳥の肉じゃないか。僕達は美味《おい》しくいただくけど、鳥の立場だったらどんな気持ちになるだろう」

狭間堂さんに言われて、ハッとする。

「……人間って怖いなって、思いますね。家族や友達が食べられたら、恐怖どころか憎しみも湧いて来るかも……」

「そうだね。鳥がそこまで考えるかは、鳥になってみないと分からないけど」

狭間堂さんは、困ったように微笑んだ。

「でも、僕達は悪意があって鳥を食べているわけじゃない。――そういうことさ。自分にとって都合が悪いものを『悪』と決めつけてしまうと、視野が狭くなってしまう。

よっぽどのことが無い限り、お互いに何らかの事情があるものさ」

「何らかの……事情が」

確かに、あの胡散《うさん》臭いアヤカシ達から、狭間堂さんを困らせようという意図は汲《く》み取れなかった。それどころか、狭間堂さんを認めている節すら見受けられた。

「それぞれの事情が上手く嚙《か》み合わなくて、対立が起きるものなんだ。世の中は、思った以上に複雑でね。勧善懲悪とはいかないんだよ。みんなが少しずつ譲歩して、ようやくバランスが取れているんだ」

華舞鬼町における、そのバランスを取っているのが、総元締めである狭間堂さんということか。

狭間堂さんは強くて堂々としていて、正義のヒーローのようだと思ったけれど、僕が考えている以上に、大人の事情というやつに囚《とら》われているんじゃないだろうか。

「……狭間堂さん、大変ですね」

「いいや。壊れたものを直すよりは、バランスを保つ方が簡単だよ」

狭間堂さんは、何ということも無いように言った。

ふと、思うことがあった。

どの場所にも居辛くなって、華舞鬼町にやって来たアヤカシ達。それは、何処にも馴染《なじ》めなかった僕に似ている、と。

僕だって、引っ越し先で悪事を働いていたわけじゃない。ただ、余所者《よそ》だったというだけだ。だけど、それは引っ越し先の連中にとって、仲間外れにするに足りる何かがあったのかもしれない。

そんなの、僕は認めたくないし、今となっては分からないけれど。

(狭間堂さんは、そういうのを無くしたがっているのかな……)

だから、僕も華舞鬼町は少し居心地が良い。狭間堂さんが、余所者の僕の居場所を作ってくれるから。

「まあ、それはそれ。これはこれなんだけど」

狭間堂さんは、話を元に戻す。そうだった。今は灯籠流しをどうするかだ。

「彼らの存在を許容するとは言え、人間の魂が目の前で食べられるのをみすみす許容するわけにはいかない。彼らには、穏便に諦《あきら》めて貰《もら》わなきゃ。彼らが灯籠の灯りを消そうというのならば、話は簡単さ」

「え、そうなんですか？」

「彼らが吹き消せないほどの火力を用意すればいいんだよ」

狭間堂さんは、ぐっと拳《こぶし》を握ってみせる。近年まれにみる得意顔だった。

「脳筋作戦……」

「那由多君、その目は呆《あき》れてるね……!? 物事はシンプルが一番なんだよ！」

「でも、狭間堂さん。素材は限られてますわよ？」

ハナさんは困ったようにそう言った。灯籠流しまで、あと数時間。その間に、灯籠を更に量産するには、材料が足りないだろう。

「灯籠は増やさないよ。灯りだけ増やすんだ」

「灯りだけ？」

僕とハナさんの声が重なる。

「そう。ハナさんは、隣町まで走って来てくれないかな。王子《おうじ》の辺りを警備している神狐《しんこ》から、狐火を借りれないかと思ってさ」

「成程！　合点承知ですわ！」

ハナさんは目を輝かせ、腕まくりをして雑貨屋とは反対側へと走っていく。その後ろ姿を見送りながら、「隣町って……？」と僕は尋ねた。

「もう少し常世に近い境界の街があってね。そこに、狐の神主さんがいるんだ。顔が広くて博識なひとだから、東京にいる狐の力が借りれるかもしれない」

「へぇ、すごいですね！」

「そう、すごいひとなんだ。そして、僕は僕で、道案内が上手そうなひとに話をつけに行くよ」

「そんなひともいるんですか？」

僕が尋ねると、狭間堂さんは意味深に微笑んだ。

「まあね。きっと、那由多君も知ってるよ」

「いや……、僕にそんな知り合いは……」

記憶の糸を手繰り寄せる必要も無く、それは断言出来る。

だけど、狭間堂さんは首を横に振った。

「僕だって、知り合いっていうわけじゃないさ。一方的に知ってるだけだよ。彼女は有名だからね」

「彼女……？」

「そう。『送り提灯《ちょうちん》』っていうんだ。本所《ほんじょ》七不思議の一つだよ」

知ってるでしょ？　と言わんばかりに首を傾げる狭間堂さんに、僕は頷《うなず》くことしか出来なかった。

本所七不思議の一つ、送り提灯。

その話は、祖父から聞いたことがあった。

提灯を持たずに夜道を歩いていると、進行方向にぼんやりと提灯の灯りが見えるのだという。時には消えたり、再び点《つ》いたりを繰り返し、近づこうとするとどうしても近づけない。

特に害はないが、不思議な話だった。

「でも、今の人間は提灯なんて持ってないですけど……。流石に、送り提灯さんも廃業しちゃったんじゃあ……」

「提灯という文化は廃れてしまったけれど、本所七不思議は語り継がれているだろう？　だったら、まだ元気なはずだよ」

僕が狭間堂さんと共にやって来たのは、錦糸町《きんしちょう》だった。

駅前の大通りは、人通りも多く、自動車がビュンビュンと行き交っている。高いビルもそこそこにあるが、山手線《やまのて》の駅前よりは、空が広く感じた。

「先に、こっちに寄ろうか」

狭間堂さんの後をついて行くと、ビルとビルの間の、こぢんまりとした店舗に辿《たど》り着く。看板には『山田家《やまだや》』と書かれていた。

「ここは……？」

「人形焼を売っているのさ」

狭間堂さんは、「こんにちは」と挨拶《あいさつ》をしながら中に入る。

ふわり、と心地よい香りに包まれた。焼いたカステラの香りだろうか。

落ち着いた店内では、人形焼を求めてやって来たと思《おぼ》しき人達がショーケースの中を眺めていた。店の奥からは、人形焼を作っているような機械の音が一定のリズムを刻んでいる。

「ここは、戦後間もない頃に創業した、歴史あるお店でね。特に、人形焼の中のこし餡《あん》が最高なんだよ」

狭間堂さんはそう言って、迷わず人形焼を二箱買う。

ショーケースの中の見本を見てみると、狸の姿をした人形焼が目に入った。

「どうして狸……?」

「その狸は、『おいてけぼり』だね」

お会計を済ませながら、狭間堂さんは答える。

「本所七不思議の一つですよね。釣り人が、魚を置いて行けって言われて震え上がるっていう……」

「そうだね。その声の正体が、狸なんじゃないかって」

狭間堂さんは、お店の人から人形焼が入った袋を受け取る。そして、僕にその中身を見せてくれた。

「あっ」

人形焼の包装紙に、イラストが描いてあった。

独特のタッチで描かれたそれは、正に今話していた、本所七不思議だった。『おいてけぼり』も描いてあるし、『送り提灯』もある。

「人形焼のモチーフが、本所七不思議だったんですね……」

「そういうことさ。まだ日は高いけど、これをお土産にすれば姿を現してくれるかなと思って」

「それで、二箱も……」

「ううん。一箱は送り提灯へのお土産で、もう一箱はうち用さ。全部終わったら、みんなで食べよう」

狭間堂さんはそう微笑んで、店を後にしたのであった。

狭間堂さんは、人形焼が入った袋を掲げながら、錦糸町の通りを往く。

「怪談に登場する怪しいものの正体はね、大体は、狐狸のせいにされていたのさ。それか、カワウソかな。今はすっかり見なくなってしまったけれど、当時、その辺りにいた獣が、化けて人間をたぶらかすのではないかと思われてたってことだね」

「送り提灯も、その一つなんですか？」

「恐らく。何かを恨めしがって出て来る幽霊の類《たぐい》じゃないから、獣のアヤカシの悪戯《いたずら》だと思う」

「でも、場所は……」

「法恩寺《ほうおんじ》に向かうところで、送り提灯に会ったという話があってね。法恩寺は、この錦糸町にあるお寺で、まだ残っているんだ。だからきっと、その周辺にいるはずさ」

狭間堂さんにそう言われ、僕は携帯端末で調べてみる。確かに、法恩寺というお寺は存在していた。そして、狭間堂さんはそこに向かって歩いている。

大通り沿いの歩道は、ムッとした熱気に包まれていた。下手をしたら、人間焼けになってしまうほどに。

「本当に、出るんですかね。いや、出て欲しいんですけど、この天気じゃあ……」

僕と狭間堂さんは、揃って顔を上げる。

空からは、太陽の光が燦々《さんさん》と降り注いでいた。どう見ても、おばけが出るような時間でも天気でもない。

額に溜《た》まる汗を拭《ぬぐ》いながら、僕は時計を見やる。冬ならば、そろそろ日が傾いて薄暗くなる頃だが、夏はまだまだ明るい時間だ。

「向こうからやって来てくれるのは期待出来ないから、お土産を持って訪ねるしかないだろうね」

「送り提灯の家を、ですか？」

送り提灯の家って何だと内心でツッコミをするものの、「そうだよ」と狭間堂さんは頷いた。

「そ、そんなの、何処にあるんですか？　というか、存在するんですか⁉」

「獣のアヤカシならば、住処《すみか》が存在するはずだからね。ポン助君もそうだろう？」

「まあ、確かに……」

「問題は、住処がある場所だけど……」闇雲に歩くわけにはいかないしな」

この辺りだと思うんだけど、と言いながら、狭間堂さんは、立派な門の前で立ち止まった。そのかなり奥には、また瓦《かわら》屋根の門がある。その向こうに、お寺の本堂が鎮座しているようだ。

どうやらここが、法恩寺らしい。

背後にある東京スカイツリーはかなり大きく、近所なのだと実感する。

「確か、栄えていたのはあちらの浅草《あさくさ》方面かな。錦糸町の辺りは、田んぼや村だったと思うんだけど……」

狭間堂さんは、記憶の糸を手繰り寄せる。

「もしかして、その時代を知ってるんですか？」

「まさか。古地図で見たのを思い出しているんだよ」

狭間堂さんは目を丸くする。僕の年齢と、それほど大きく違わないことを、すっかり忘れていた。

「送り提灯が出たのは、僕達が歩いて来たのとは反対側かもしれないね。もしかしたら、そこにヒントが残っているかも」

狭間堂さんは、僕のバッグに視線を落とす。僕はその視線が、祖父のインスタントカメラを見ていることに気付いた。

「えっ、カメラで撮るんですか？」

「うん。お願い出来るかな。運が良ければ、住処の手がかりが得られるかも」

「でも、関連するものも一緒に写ってないと」

「法恩寺が見てる」

そうか。法恩寺は、送り提灯《ちょうちん》が目撃された時代も存在していた。その法恩寺の思い出を撮るようにすれば、送り提灯が写り込むかもしれないということか。

「……分かりました。上手《うま》く行くように、祈っていて下さい」

「大丈夫。上手く行くよ」

狭間堂さんは、祈る代わりに確信に満ちた言葉を僕にくれた。それに背中を押されるように、僕は法恩寺とその前の通りに向かって、カメラを構える。

「えっと、法恩寺さん。あなたの送り提灯の思い出、撮らせて下さい……！」

祈る想いでシャッターを切ると、いつものように写真が排出される。僕と狭間堂さんは、日陰を作っている塀のそばで現像を待つ。

「あっ！」

写真の中の世界は、どんよりと暗かった。最初は失敗したのかと思ったが、どうやら、夜らしい。街灯の灯りが無いので、周囲がほとんど闇に溶けてしまっていて、おぼろげだった。

そんな中、ぽつっとまん丸い灯りが見える。月かとも思ったが、位置がやけに低い。目を凝らしてみると、それは提灯だった。

「送り提灯だ……」

提灯が宙に浮いているように見えたものの、よく見れば、獣のようなシルエットが窺《うかが》えるような気がする。

狭間堂さんは、今の景色と写真を見比べてみた。

「……あっちに向かっているみたいだね」

法恩寺の先の、浅草方面を見やる。

「あちらには、横川が流れていたはず。その辺りが、今は公園になっているんだ。獣であれば、棲《す》もうと思えば棲める」

「それじゃあ、もしかして……」

「今もいるかもしれない。那由多君、有り難う」

狭間堂さんは、ぐっと親指を立てる。僕もつられて、親指を立ててみせた。

僕と狭間堂さんは、法恩寺の前を横切り、公園へと急ぐ。

すると、それほど歩かないうちに、目的地に着いた。

大横川親水公園《おおよこがわしんすい》というのが、その公園の名前らしい。川に沿って自然が残されているのか、やたらと細長かった。

橋から遠くを眺めてみると、川の一部が釣り堀になっていた。木々のあまりない開けた場所もあり、子供達も遊んでいる。

すぐそばにある階段を使って、低地にある公園へと下る。

水はあるが流れはなく、せき止められているようだった。鴨が水浴びなんかをしていて、平和なものだ。

「ここの川も、昔は流れていたんですか？」

僕が問うと、狭間堂さんは頷《うなず》いた。

「そうだね。ここは整地されているし、どちらかと言うと、人工的に作られた水路なんだろうけど」

「あ、そうか。昔は、物を運搬するのが舟だったから、水路をたくさん設けたのか」

「恐らくね。他にも、理由は色々とあるだろうけど」

川だというのに、せき止められているのは少し寂しい。

そう思っていると、水の流れる音が聞こえた。僕と狭間堂さんがそちらに向かうと、青々と茂った緑に囲まれた、小さな滝があった。

「あっ、こんなところに滝が！」

「人工的に流れを作っているようだね。役割的には、噴水みたいなものかな」

狭間堂さんは、石で組まれた階段をのぼり、上流を覗《のぞ》き込みながらそう言った。そばにいるだけで、滝の水飛沫《しぶき》が心地よい。

「でも、ここはいいなぁ。水もあるし、木陰もあるし」

大通りにいた時とは随分と違う。水の流れる音が心を癒《いや》し、涼しい風が汗でじっとりとした身体を撫《な》でて行く。緑も多く、視覚的にも優しかった。

「じゃあ、ここにいるかも……？」

「かもね」と狭間堂さんは微笑む。

「えっと、送り提灯さーん……？」

試しに呼んでみる。当たり前のように反応がない。

恥ずかしくなって、狭間堂さんにバトンタッチをする。

「お土産、持って来ましたよー。山田家の美味《おい》しい人形焼ですよー」

まさか、食べ物につられるほど単純ではないだろう。そう思って眺めていた僕だったが、急に近くの茂みが揺れ動いた。

「おいてけ〜」

おどろおどろしい声が、茂みの中から聞こえる。だけど、狭間堂さんはニコニコと微笑んだままだった。

「お土産は置いて行きますけど、僕達が力を借りたいのは、送り提灯なんです」

狭間堂さんは、猫にでも話しかけるかのようにしゃがみ込む。

すると、それを見計らったかのように、茂みの中から狸がひょっこりと顔を出した。

「た、狸だ！」

僕は思わず声をあげる。

だが、動物園などで見たことのある狸よりも、一回りか二回りほど大きかった。野生だというのに妙に毛艶《けづや》がよく、顔には知性が宿っていた。

「誰かと思えば……。あんた、もしかして、華舞鬼町とやらの狭間堂さんかい？」

狸は、つぶらな瞳《ひとみ》で狭間堂さんを見上げる。なんと、当たり前のように、女性の声で喋《しゃべ》っていた。

「当たりです。よくご存じでしたね」

「この辺りの空を縄張りにしている、雷獣から話を聞いたのさ。昔、怪我をして天に帰れないところを、あんたに助けて貰《もら》ったんだって？」

「ああ、懐かしいな……。あの時の子、元気なんですね」

狭間堂さんは安心したように目を細める。そんな様子を見て、改めて、狭間堂さんの顔の広さを実感した。

「ああ、元気さ。今は嫁さんを貰って、二児の父親になってるよ。あそこの子供はやんちゃだね。この前も、スカイツリーの天辺《てっぺん》で遊んでてさ」

「えっ、もうお父さんに？　数年前は子供だったのに……」

「獣は成長が早いのさ。それは、アヤカシとして生まれたものも同じ。さっさと大人になって、あとはゆっくりと歳を取るんだよ」

例外もあるけれど、と狸は付け足す。

「で、なんだい？　噂の狭間堂さんの話なら、聞いてやってもいいよ。勿論《もちろん》、土産は置いて行って貰うけどね」

「話が早くて助かります。実は――」

狭間堂さんは、狸に事情を話す。灯籠《とうろう》流しのこと、その火が吹き消される心配があること、それを防ぐために火を集めているということ。

「送り提灯《ちょうちん》ならば、道案内も得意だと思いまして。どうか、死者達を華舞鬼町駅まで導いて欲しいんです」

狭間堂さんは、地面に膝《ひざ》をついて頼み込む。僕も、それに倣って深々と頭を下げた。

狸は、こちらをじっと見つめている。獣の表情はよく分からない。僕は次にどんな反応が来るのかが恐ろしくて、顔をほとんど上げられなかった。

たっぷりと間を置いた末に、狸は狭間堂さんにこう答える。

「送り提灯の力を借りたいっていうけどね。それは、アタシのおっかさんだよ。アタシは大したことは出来ないよ」

「ほんの少し、本当に、少しだけでいいんです。夜道を往くものを誘導する力を、少しでも借りられれば」

猫の手でも借りたいと言わんばかりの狭間堂さんに、狸は小さく溜息《ためいき》を吐いた。

「しょうがないねぇ。力が及ばなくても、文句を言うんじゃないよ」

「有り難う御座います！」

狭間堂さんは弾《はじ》けんばかりに微笑む。僕も、ようやくまともに顔を上げられた。

狸は茂みの中に入ると、ごそごそと古い提灯を持って来る。かなり使い込まれているが、母親のものなんだろうか。

「ああ。アタシも婿が欲しいよ。この辺に棲む狸は、アタシだけになっちまってね。怪談はまだ生きてるのに、そいつをやれるアヤカシがアタシだけじゃ寂しいじゃないか」

「住処《すみか》を追われて、って感じですかね……。華舞鬼町にはそういうアヤカシが沢山いますし、出会いの機会もあるかもしれませんよ、なんて……」

眉尻《まゆじり》を下げる狭間堂さんに、狸は「そうだねぇ」と相槌《あいづち》を打つ。

「でも、アタシはもう年増だしね。男を捕まえるのも一苦労さ」

狸は提灯を大事に抱え込んだかと思うと、くるりと空中で一回転して、人間の姿へと化ける。

目の前に現れたそれに、僕と狭間堂さんは息を呑《の》んだ。

絵画から抜け出したような美女が、そこにいた。江戸情緒あふれる着物姿だが、その肌の艶《つや》めきは生々しく、結った髪からうなじに零《こぼ》れる後れ毛が、なんとも色っぽい。

古びた提灯を携えた美女は、「どうだい？」と切れ長の瞳をこちらに向ける。その
気だるい視線には、グッと来るものがあった。

「ま、まだ、現役でいけると思います……」

狭間堂さんの言葉に、僕は頷くことしか出来なかった。


日が沈み、空は黄昏《たそがれ》色になる。暗くなるにつれて、道往くひとびとは増えて行った。

獣やら器物やら、人間と変わりない姿のアヤカシやらが蠢《うごめ》く中、僕は円さんを探し
たけれど、見つけることが出来なかった。

「灯籠作り、間にあったようで何よりですわ」

ハナさんはそう言って、僕の分の灯籠をくれる。その隣では、少年の姿をしたポン
助が、出来立ての灯籠をしっかりと抱きかかえていた。

「おれも手伝ったんだぜ。ほら！」

ポン助が自分の灯籠を見せびらかす。和紙が少し歪《ゆが》んでいたけれど、木がしっかり

と組まれていて見事なものだった。

「上手《うま》い、上手い。ポン助は器用なんだね」

「へへっ、任せとけ」

ポン助は誇らしげに胸を張る。

そうしているうちに、水路の上流の方から歓声が上がる。

皆が見守る中、現れたのは狭間堂さんだった。

「わぁ……」

いつもは洋服に羽織の狭間堂さんだけど、今日は羽織の下も和装だった。お洒落《しやれ》な雰囲気から一転して、渋さが増して見える。

（なんだか悔しいけど、カッコいいな……）

携帯端末で、思わず写してしまう。周りのアヤカシも、カメラや端末で狭間堂さんのことを写していた。

「さて。皆さま、今年もお集まり頂き有り難う御座います。私は、この華舞鬼町の総元締めの、狭間堂と申します」

シャッターや歓声が一気に鎮まる。狭間堂さんの凜《りん》とした眼差《まなざ》しと、よく通る声が、僕達観衆を圧倒していた。

狭間堂さんが簡単な挨拶《あいさつ》をしている中、僕は周囲の様子を見回す。

するとと、水路の周りに集まっているアヤカシ達の後ろに、不穏な影が見えた。一つ、二つと、柳の木々の間に吊《つ》るされた提灯の向こうで、隠れるようにして蠢いている。

「ハナさん……」

僕がハナさんに耳打ちをすると、「大丈夫ですわ」とハナさんが頷《うなず》いた。

「仕込みはバッチリですの。那由多さんも、見ていて下さいまし」

ハナさんの目には確信が宿っている。それに対して、僕も深く頷いた。

「さあ、お待ちかねの灯籠流しの時間です」

狭間堂さんの声に、再び歓声が上がる。少しだけ、湿った空気と腐ったおにぎりの臭いが漂ってきた。

五徳を頭に乗せた猫のアヤカシ達が、僕達の灯籠の中に入っている導火線に火をつけて回る。僕の灯籠にも、ぽっと光が灯《とも》った。

「今年も、常世へと還《かえ》るひとびとを導く、道を作りましょう!」

風が、狭間堂さんの背後から、浮世への出入口から吹いてくる。死者が舞い込んで来たのだと、僕は確信した。

その風に押されるように、僕達は水路に灯籠を浮かべる。

だが、次の瞬間、灯籠をひっくり返さんばかりの横風が、どうっと吹いた。

木々にぶら下がっていた提灯が激しく揺れ、中の灯りが消える。灯籠も風でもみくちゃになり、倒れてしまいそうになる。それどころか、中の灯りが揺らめいて、消えてしまいそうになっていた。

「ああっ……」

生温い横風から灯籠を守ろうと、水路に飛び出しそうになる。そこを、ポン助とハナさんに止められた。

「あぶねぇって！　ここ、結構深いんだぜ！」

「そうですわよ！　それに、ご覧ください！」

ハナさんに促され、顔を上げる。

水上で風に揉《も》まれる灯籠。次々と消える提灯の灯り。だけど、そこに割り込むかのように、一際大きな光が現れた。

古びた提灯が先端で揺れる。しかし、提灯から溢《あふ》れる光は眩《まぶ》しく、昼間の太陽のようだった。

「屋形船だ……！」

「そうですわ。華舞鬼町でお仕事をされてる、ハナのイチオシのシブメンですの！」

ハナさんは、目を輝かせて屋形船を迎える。

屋形船がシブメンかは兎《と》も角、年季の入った屋形船の先端には、送り提灯が立っていた。夕闇の下だと、一層色っぽくもあったし、儚《はかな》げにも見えた。

屋形船に乗っているのは、彼女だけではない。狐の面をした神主達が、送り提灯を助けるかのように、狐火を携えている。彼らは長い木の棒を手にしていて、倒れかけた灯籠《とうろう》を直し、共に下流へ——華舞鬼町駅の方へと導いていた。

「すげー、かっけー!」

ポン助が声をあげてはしゃぐ。いつの間にか、カワウソの姿に戻っていた。小さな耳をピンと立て、ぴょんぴょんと飛び跳ねている。

屋形船は横風にびくともせず、乗っている狐狸の炎もまた消えることは無かった。屋形船の後ろを、ひんやりとした風がついて行った。少しだけ切ない線香のにおいが鼻をかすめたが、それは、常世へと還る魂のものだろうか。

一瞬だけ、祖父の姿を探す。でも、すぐにやめてしまった。

(お祖父《じい》ちゃんは、ここにいるもんな……)

インスタントカメラのシャッターを切る。お盆が終わったから還るというのではなく、ずっとここで一緒に写真を撮ってくれているように思えた。

「あっ……」

皆が屋形船に注目している中、僕は狭間堂さんがいないのに気付く。目を凝らして探してみると、あの路地裏へと向かう後ろ姿があった。

「ハナさん、ポン助。僕、ちょっと行って来る!」

「那由多さん！」

ハナさんの驚いた声を背中で聞きながら、僕は人だかりになっている水路を後にした。

明るい場所から離れた瞬間、ざわざわとした気配に囲まれる。

異臭が鼻を衝《つ》く。あの、人食いのアヤカシ達かもしれないと思いつつ、僕は立ち止まらずに走った。

やがて、その気配すらなくなって、人気のない通りの前までやって来る。そこでようやく、狭間堂さんの背中が見えた。

「狭間堂さん！」

「那由多君。追いかけて来たのかい」

狭間堂さんは、驚いたように振り返る。

「もしかして、男の子の霊を助けようとして……」

「ああ。全てが終わった後に彼を食べるつもりだったようだから、助けるならば今しかないと思ってね」

今は、あの人食いのアヤカシ達が全て出払っている。今がチャンスであり、今しかチャンスはなかった。

僕と狭間堂さんは坂を下ろうとするが、頼りなげな街灯が照らす道の先に、人影が見えた。

「那由多君、下がって……」

狭間堂さんが僕をかばうように前へ出る。袂《たもと》から扇子を取り出し、人影に向かって立ちはだかる。

だけど、その影が何者か分かるほどに近づいた時、狭間堂さんはその構えを解いた。

「あっ、あの子……」

僕もまた、それが誰なのかが分かる。紛れもなく、あの、袋詰めにされた男の子だった。

「良かった、無事だったようだね」

狭間堂さんは、男の子の方に駆け寄る。膝《ひざ》を折って目線を合わせてやると、男の子はほのかに微笑んだ。

「でも、どうやって？　自力で脱出したのかな……？」

僕が首を傾げていると、「もしかしたら」と狭間堂さんは呟《つぶや》く。

「誰かに、助けて貰《もら》ったのかい？」

狭間堂さんの問いに、男の子はこくりと頷いた。

一体誰が、どうやって。

（いや、そんなことが出来るひとが、いるじゃないか……）

或《あ》る人物を思い出し、僕は息を呑《の》む。

狭間堂さんも、少しだけ沈黙していた。心当たりがあったのだろうか。

だが、結局何も言わずに、男の子の手を引き、立ち上がった。

「ここで長居をしては良くないからね。大通りに戻ろうか。それに、電車も出てしまうし」

「あ、はい……！」

「山手線みたいに、次の電車がすぐ来るわけじゃないからね」と、狭間堂さんは冗談っぽく言った。

「ははは……。山手線は、便利過ぎるくらいですから」

僕もまた苦笑を返し、気持ちを切り替える。

今重要なのは、この子を無事に常世へ導くことだ。

僕と狭間堂さんは、男の子を華舞鬼町駅まで送り届ける。他の死者は既に電車に乗り込んだところのようで、駅舎では送り提灯《ちょうちん》のお姉さんと、神狐達が差し入れの麦茶を飲んで一息ついていた。

常世行きと書かれた電車に、男の子は乗り込んだ。姿は希薄だったけれど、中には大勢の人がいるように見えた。

「また来年、浮世に遊びに来てくださいね」

狭間堂さんはそう言って、常世へと還《かえ》る死者を見送る。

常世行きの列車の扉は閉まり、タタン、タタンと一定のリズムを刻みながら、線路の向こうへと消えて行った。

すっかり夜になった空には、無数の星がちりばめられていた。東京では見られない満天の星に、思わず携帯端末のシャッターを押してしまう。

狭間堂さんも、見事な星空を眺めていた。その横顔からは、何を考えているのかは読み取れない。

(狭間堂さんも、誰が男の子を助けたのか、察しているよな……)

答え合わせをしたかった。だけど、狭間堂さんは何処か近寄りがたい雰囲気を醸し出していて、僕は結局、無言でその場を後にした。

ホームから降りる階段は、薄暗くて足元がおぼつかない。階段の真ん中辺りで立ち止まると、虚空に向けて名前を呼んだ。

「円……さん」

「何だい？」

声は、すぐ後ろから聞こえた。「ヒエッ」と短く悲鳴をあげつつ、そちらへ振り向く。

「己《お》れを呼ぶとは、珍しいじゃないか」

相変わらず、レトロでお洒落《しゃれ》な格好をした円さんは、色眼鏡をかけたままそう言った。

僕はかけるべき言葉を決めかねていたが、単刀直入に尋ねることにした。

「あの男の子を助けてくれたのって、円さんですよね」

円さんは、うっすらと微笑んだ。

「己れは、そこまでお人好《よ》しじゃないぜ？」

「で、でも、あの子がいる場所を知ってるひとは、限られているじゃないですか」

僕は食い下がる。

すると、円さんは肩をすくめた。

「少年は、ちゃんと供養をされていたのさ」

「へ？」

「死因は病気だが、本人はそれで納得してしまっているし、来年も家族のもとに帰りたいんだとさ。己れは、そういう魂を取り込めなくてね」

成程、そういうことか。

納得すると同時に、本当にそれが真実なんだろうかと疑ってしまう。

色眼鏡越しに、円さんの目を見つめた。いつもならば怖くて見られない双眸《そうぼう》も、今はちゃんと見据えることが出来た。

「本当……ですか？」

円さんの目は、少しだけそらされていた。だから僕でも、怖がらずに円さんを正面から捉《とら》えられた。

一瞬だけ、空気がピリリと緊張する。その刹那《せつな》は、僕の手のひらを汗だくにするには充分だった。

「さてね」

円さんは否定も肯定もせずに、僕の隣を通り過ぎる。階段を下りるその背中を、僕は追うことが出来なかった。

だが、通り過ぎるその瞬間に、円さんが呟いた言葉は、しっかりと耳にこびりついていた。

「己れが少年をどうにかしたら、狭間堂にとって、連中と変わらない存在になると思っただけさ」という言葉は。

どういうことなんだろう。

真意を確かめようにも、円さんの背中は、薄暗い階段の先の闇へと消えてしまった。

僕は全身から力が抜けるのを感じ、その場にくずおれそうになる。

（狭間堂さんと、円さんって……）

不思議な関係だ。一体、彼らの間で何があったのだろう。

かすかな灯りを頼りに、先ほどインスタントカメラで撮った写真を取り出してみる。
そこには、屋形船に導かれるようにして、常世に向かう人達が写し出されていた。
たくさんのあたたかい光に抱かれた彼らの顔は、とても満足そうに見えたのであった。

余話
狭間堂と海座頭の……

ライトアップされたレインボーブリッジが、間近に見える。その下を、大きな客船が潜《くぐ》って行った。

きっと、あの中には東京の夜景を楽しもうという人達が乗っているのだろう。

狭間堂はそんなことを思いながら、夜の闇に染まった海を眺めていた。

お台場はその昔、江戸を守るための砲台が設置されていたのだという。その当時の夜の海は、一体どんな風だったのだろう。

きっと、こんなに明るくはなかったのだろう。そして、こんなに平和ではなかったのだろう。

浜辺のところどころには、夜景を眺めるカップルがいた。背後にあるお台場の街からは、楽しげな音楽が聞こえる。

お台場の昔の姿に思いを馳《は》せるには、少しだけ、賑《にぎ》やかだった。

「はっざまどうちゃーん」

いや、かなり賑やかになった。

「朱詩さん……」

狭間堂が振り向くと、ごついギターを抱えたヴィジュアル系のバンドマンがやって来るではないか。双眸《そうぼう》を閉ざし、白杖《はくじょう》を使っているものの、足取りはかなり確かだった。

「どうしたん？　ずいぶんと疲れた声やないか」

「ははは……、ちょっと物思いに耽《ふけ》っていて」

そこで、朱詩の明るすぎる声が聞こえて来たので、ギャップのあまり拍子抜けしてしまったのだ。

「いや～、すまんな。総元締めの仕事も大変やと思ったんやけど、せっかく近くまで来たから、狭間堂ちゃんに会いたかったんや。全国の海を回っとると、会う機会が少なくなって寂しくてなぁ」

「はは。声を掛けてくれて有り難う御座います。朱詩さんは、相変わらず元気そうで」

「せやな。おじさんはいつも元気や」

朱詩は深く頷《うなず》く。

「みんな、変わりませんか？」

狭間堂が問うと、朱詩は深々と頷いた。

「せやな……。相変わらず、元気やで」

「それは良かった」

狭間堂が胸を撫《な》で下ろす。

「どう元気か、狭間堂ちゃんに事細かに報告したいんやけど、狭間堂ちゃんはラインを入れてくれないからなぁ」

「すいません……。あんまり、ああいうアプリに慣れてなくて」

「そうなん？　おじさん、喋《しゃべ》るスタンプを使える相手が少なくて、寂しいわぁ」

「朱詩さんは、文明の利器を楽しみ過ぎじゃないですか……!?」

狭間堂のツッコミも、「ま、そんなことはええねん」と朱詩はさらりと受け流す。

彼はそうして、狭間堂に手を差し伸べた。狭間堂は、一瞬だけキョトンとするものの、すぐに相手の意図を察する。

何も言われないうちに、朱詩の繊細な指をした手のひらに、自分の手のひらを重ねた。

「ふむ」と朱詩は満足そうに頷き、狭間堂の手を静かに撫でる。まるで、自分の子供を慈しむように。

「狭間堂ちゃん、最後に会った時よりも、また、逞《たくま》しくなったなぁ」

「そ、そうですかね」と狭間堂は、少し照れくさそうに答えた。

「背も伸びたんとちゃう？」

「少しだけ」

「成長期が来て良かったなぁ」

「ははは……。朱詩さんと初めて会った時は、そんなに大きくなかったですしね。まあ、ちょっと遅過ぎる成長期だと思いますけど」

狭間堂は苦笑する。

「大きいのはええことや。このままだと、ダイダラボッチみたいになるかもしれんなぁ」

「大き過ぎませんか!?」

ダイダラボッチとは、山よりも大きなアヤカシのことだ。山を作ったり沼を作ったりとスケールが大きく、最早、神様として祀《まつ》られている地方もあるくらいだ。

「狭間堂ちゃんも、それだけ大きな男になるんやで」

「そのくらいの気概は持ちたいですけど、そのサイズになるのは困りますね……」

何せ、雑貨屋に入らなくなってしまう。それどころか、所狭しと建物が並んでいる華舞鬼町を、自由に歩き回れる気もしなかった。

「まあ、冗談はさて置き」

朱詩はパッと狭間堂の手を放す。

「狭間堂ちゃんは、どうなん？　無理してない？　おじさんで良かったら、相談に乗るで」

そう言って、朱詩はニッと微笑む。

姿こそ若いバンドマンだが、まとう雰囲気は、近所の気のいい老人と言わんばかりの、落ち着いたものだった。

そんな朱詩を見て、狭間堂は、何かを言おうとして口を開く。しかし、それも刹那のことで、すぐに首を横に振った。

「大丈夫です。今のところは」

「そう？　おじさんと狭間堂ちゃんの仲や。遠慮は要らないで」

「そう――ですね」

狭間堂は思い出す。

朱詩と初めて会ったのは、大学二年生になった時のことだ。一介の人間だった狭間堂が、或《あ》る切っ掛けでアヤカシの街で暮らしたり、亡者の悩みを解決したりするようになり、一年以上経った頃のことだった。

ふたりが出会ったのは、宮城県の松島《まつしま》である。狭間堂が、尊敬していた祖父の墓参りに行った帰りのことだった。

朱詩は古いアヤカシで、人間の育ての親にもなったことがあるそうなので、知らず知らずのうちに、祖父と重ねていたのかもしれない。

狭間堂は、朱詩を眺めながらそう思った。

「まだ、大丈夫。もう少し、頑張ってみようと思います」

狭間堂の答えに、朱詩は少しだけ眉尻《まゆじり》を下げつつも、答えを予想していたかのように微笑んだ。

「ま、狭間堂ちゃんは頑張り屋さんやからね。そう言うと思ったわ」

「頑張り屋さんっていうか、意地っ張りなのかもしれませんね。今はただ、自分で何処まで出来るか、試してみたいっていうか……」

「おっ、ええな。一回り、大人になった感じや」

「流石にもう、アラサーなんで」

狭間堂は、えへへと照れくさそうにはにかむ。その様子に、朱詩はにんまりと微笑んだかと思うと、海岸沿いを歩き出した。

「ただ、一人で頑張るのだけが大人やないで。周りに上手《うま》く振るのも大人の役目や」

「それは……肝に銘じておきます」

実行するのは、まだまだ難しいけれど。

そんなニュアンスを含ませつつ、狭間堂は苦笑した。

「分かっとるのならええよ。おじさんは、いつまでも待っとるから」

「有り難う御座います」

「因《ちな》みに、狭間堂ちゃんはどうなりたいん？」

朱詩の唐突な質問に、狭間堂は目を瞬《しばた》かせる。

「どう、とは？」

「あと十年後、二十年後、もしくは、百年後は」

「一気に飛びましたね。そうだな……」

狭間堂は、砂浜を歩きながら考える素振りをみせる。しかし、結論は意外と早く出た。

「このまま、祖父のように歳を取りたいですね」

「そっか」

狭間堂の祖父は、人間として生まれ、人間として土に還《かえ》った。アヤカシを感じることが出来て、アヤカシの友人までいたけれど、年相応に老けて、老衰で亡くなった。

「祖父のような、シブメンになりたくて」

「おっ、そうなん？」

「だって、大学生になっても高校生扱いされるほど、童顔だったんですよ。それが今、ようやく年相応の見た目に近づいたんで、更にいぶし銀の輝きを手に入れたいです」

狭間堂の訴えは、実に切実だった。

「いぶし銀ねぇ。おじさん的には、狭間堂ちゃんの雰囲気には、ちゃんと渋みが出て来たと思うんやけど」

「有り難う御座います。でも、見た目はまだ青二才なので、外見に滲《にじ》み出るくらいになりたいです……」

狭間堂は、がっくりと肩を落とした。

「可愛いと、女の子にモテてええやん」

「別に、そういうのを目指してるわけじゃないですし……」

かわいい成分はあげますよと言わんばかりに、狭間堂は呻《うめ》いた。

「ま、浮世のもんとして終わりたがっているのは分かったわ。華舞鬼町の総元締めをするって言うた時は、もっと違う道を進むのかと思っとったけど」

「まあ、普通はアヤカシ側にかなり進むのではないかと思いますよね。でも、自分が自分でいるための道って、無数にあると思うんです。僕は、僕だけの道を歩きたかった」

狭間堂は、朱詩と共に砂浜を歩きながら、そう言った。

ふたりの先に、道はない。しかし、ふたりともしっかりと砂を踏み締め、足跡を浜に刻んでいる。

「浮世の人間として、みんなが辿《たど》ろうとする道があるじゃないですか」

狭間堂の言葉に、朱詩は「ん」と頷《うなず》いた。

両親に育てられ、学校に行って、友達を作って、試験を受けて、卒業をして、就職をしたり結婚をしたりして、家庭を作って、家族に看取《みと》られながら常世へと旅立つ。

「でも、みんなが辿ろうとする道を生きることだけが、幸福なわけじゃないと思っているんです」

狭間堂は、ポツリポツリと語る。朱詩は、黙って耳を傾けていた。

「僕にしか出来ない、僕がやりたいことをやる。そういった道を歩むことが、一番の幸せだと思っているんです。それが、浮世でやることだろうと常世でやることだろうと、狭間《はざま》でやることだろうと、結局のところ、関係ないのかもしれません」

「そっか。よくある道を辿るんやなくて、目的地をちゃんと見据えているわけか。狭間堂ちゃんのやりたいことを突き詰めて行くと、結果的に、今やっとることになったというわけやな」

「そうですね。浮世と常世の橋渡しをしたいから、結局のところ、狭間にいるっていうだけで。もし、千葉の良さを広めることが、僕にしか出来ない、僕がやりたいこと第一候補だと思ったら、今頃、観光課的なところに就職していると思います」

「それはそれでええな。千葉は黒潮が来る気候のいいところやからな。銚子《ちょうし》の魚は美《お》味《い》しいし、房総《ぼうそう》の果物も美味しいねん」

「朱詩さん……！」

狭間堂は、すっと手を差し出す。気配を悟った朱詩は、その手を握った。両者は無言で固い握手を交わすと、話を元に戻す。

「浮世と常世のバランスってとても危うくて、朱詩さんを始めとするみんなが僕のことを心配してくれますけど、大丈夫です。僕はちゃんと、自分のやりたいことが見えていて、その上で調整してるんで」

「そうやな。一人前の男に、余計な心配は無用やな！」

朱詩は狭間堂の背中をポンと叩《たた》く。途端に、狭間堂は照れくさそうに破顔した。

「やっぱり、一人前の男っていう響きは良いですね。なんかこう、自分に自信が持てるっていうか――」

狭間堂はそう言いかけるものの、口を噤《つぐ》んだ。ふわりと、鼻を衝《つ》く異臭がしたからだ。

朱詩もまた、笑顔を消して立ち止まる。

「おにぎりの腐った臭いだ……」

「せやな。ケガレの気配や」

狭間堂と朱詩は、周囲を見回す。

すると、海岸の外れに、蠢《うごめ》く黒いものがいた。

一つだけではない。点々と、波に打ち上げられたかのように、幾つも。

「今日の昼間、沖の方からケガレがやって来てなぁ。砲台を二つ目覚めさせて、霧散させたんや」

「その欠片《かけら》、ですかね」

「恐らく」と朱詩は頷く。

その周辺には、誰もいない。カップルも観光客も、ケガレは見えていないはずなのに、そこに忌まわしいものがいるのだと分かっているかのように、遠巻きにしていた。

だが、狭間堂は迷うことなく黒いものに歩み寄る。人のような形をしたそれは、腹《はら》這《ば》いになるようにしてその身を引きずっていた。

膝《ひざ》を折った狭間堂は、袂《たもと》を探る。

「お腹、空《す》いてるのかな？」

黒いものは、頭のような部分を縦に振った。

「それじゃあ、ちょっと待っててね」

狭間堂が取り出したのは、飴玉《あめだま》だった。

包装紙を丁寧に剝《む》いたものを、黒いものに向かって差し出す。すると黒いものは、狭間堂の手に吸い寄せられるように、上体を起こした。

手づかみをする様子もなく、黒いものは狭間堂の手から飴玉を直接頰張る。ケガレの塊は狭間堂の手にまとわりつくものの、彼は顔を顰《しか》めることすらしなかった。

しばらくそうしていたが、やがて、黒いものは静かに薄れていく。夜の闇へと完全に溶ける前に、「ありがとう」と言い残して。

「無事に逝けたようやな」

後ろで様子を窺《うかが》っていた朱詩は、安心したようにそう言った。

「そう――ですね。よかった……」

狭間堂は、自分の手を見つめながら安堵《あんど》する。手にしていた飴玉は、最初からなかったかのように消えていた。

「ケガレもああいう塊になると、もう、ケガレなのか亡者なのか分からなくなるなぁ。今のは、意思があったっちゅーよりは、本能で動いとったようなもんやけど」

「そうですね。まあ、困っているようだったら、手を差し伸べればいいかなと思って」

狭間堂は、へらっと曖昧《あいまい》に笑う。「そうやな」と朱詩は微笑み返した。

「因みに、何をあげたんや？」

「びわの実キャンディです」

「びわって楽器じゃなくて、果実の方やな？」

「そうですね。朱詩さんに馴染《なじ》みがある方じゃないです」

朱詩は昔、ギタリストではなく琵琶《びわ》法師だったのだという。鳥山石燕《とりやませきえん》が描く海座頭そのもののスタイルだったようだが、今はすっかりその渋さが失せている。

「びわっちゅーと……。ああ、房総の名物か」

朱詩は合点がいったようだ。「当たりです！」と狭間堂は目を輝かせる。

「千葉でも、南にある安房《あわ》は気候が温暖ですからね。それこそ、黒潮のお陰で。だから、美味しいびわが採れるんですよ」

狭間堂はそう言いながら、朱詩にびわの実キャンディをおすそ分けする。「おおきに」と朱詩は嬉《うれ》しそうに受け取った。

辺りにぽつぽつといる、他の黒いものにも、狭間堂はキャンディを配ってやる。すると、どれも皆、満たされたような雰囲気を残して消えて行った。

見守るようにしてその様子を窺っていた朱詩は、安心したように深く頷く。

「にしても、甘味を持っとるのはええね。音楽じゃお腹は満たされんからなぁ。おじさんは歯がゆいわ」

「朱詩さんは、海の幸を用意してみたらどうですか？」

眉尻《まゆじり》を下げる朱詩に、狭間堂は提案する。

「そうやな。狭間堂ちゃん、ナイスアイディア。今度は、サザエとかカキを用意しとけばええんやな」

「豪華過ぎて、生きてる人間も浄化されそうですね!?」

「今度、狭間堂ちゃんにもお土産として持って来るで」

「あ、有り難う御座います……」

朱詩は豪快なところがある。爆発的な量を持ってくる可能性もあった。

（ハナさんは、海の幸を食べるよりも、料理する方に興味がありそうだからな。ポン助君が来たら、平らげてくれそうだけど）

那由多のことも思い出すが、年頃の男子にしては食が細そうだ。狭間堂自身は、町中を駆け回る量に比例して、食べる量が多い。しかし、高級食材を独り占めするのは気が引ける。

（円君は……）

いつも何処かから狭間堂を見ている円の気配は、今はない。気配に敏感な朱詩を、警戒しているのだろう。

（あんまり良いものを勧めると、断られるんだよな。残留思念が減るからって）

彼を構成している幾つかの残留思念の未練が満たされ、常世に逝ってしまうらしい。高級食材を食べることによって。

（難儀な性質だよね。上手《うま》い方法があると良いんだけど……）

彼が彼として、気兼ねなく幸福を噛《か》み締めることが出来ればいいのに。そう思って彼是《あれこれ》と頭を悩ませているが、未だに、いい解決方法が見つからない。壁にぶち当たる度に、狭間堂は無力感に打ちひしがれる。

「せや、狭間堂ちゃんに聞きたいことがあったんや」

狭間堂の胸にわだかまる憂いを吹き飛ばすかのように、朱詩は明るく笑いながら、狭間堂の肩を抱く。

「えっ、何ですか？」

「前に言っとったな。気になる子って、誰なん？　おじさん、興味あるわぁ」

ニヤニヤと笑う朱詩に、狭間堂は苦笑しか返せなかった。

「いや、そんな期待するようなものではなくて……」

「それはどうか分からんやろ？　まあ、ええわ。お酒でも飲みながら、じっくりと話そうか」

朱詩はそのまま、狭間堂の身体をお台場の街へと向ける。

「はは……。以前よりもお酒に強くなってますからね。そう簡単に、口は割りませんよ」

仕方ないと言わんばかりに眉尻を下げつつも、狭間堂は何処か楽しそうにそう言った。

静かな海を背に、ふたりは賑《にぎ》やかな街へと向かう。砂浜に刻まれた足跡はしっかりと残り、しばらくの間、消えずにいたのであった。

本書は書き下ろしです。

華舞鬼町《かぶきちよう》おばけ写真館《しやしんかん》　送《おく》り提灯《ちようちん》とほっこり人形焼《にんぎようやき》

蒼月海里《あおつきかいり》

角川ホラー文庫　Hあ6-13　20901

平成30年4月25日　初版発行

発行者――郡司 聡
発　行――株式会社KADOKAWA
〒102-8177　東京都千代田区富士見2-13-3
電話 0570-002-301(ナビダイヤル)
印刷所――暁印刷　製本所――本間製本
装幀者――田島照久

KADOKAWA　カスタマーサポート
[電話] 0570-002-301 (土日祝日を除く11時～17時)
[WEB] https://www.kadokawa.co.jp/ (「お問い合わせ」へお進みください)
※製造不良品につきましては上記窓口にて承ります。
※記述・収録内容を超えるご質問にはお答えできない場合があります。
※サポートは日本国内に限らせていただきます。

ISBN978-4-04-106342-2 C0193

角川文庫発刊に際して

角川源義

第二次世界大戦の敗北は、軍事力の敗北であった以上に、私たちの若い文化力の敗退であった。私たちの文化が戦争に対して如何に無力であり、単なるあだ花に過ぎなかったかを、私たちは身を以て体験し痛感した。西洋近代文化の摂取にとって、明治以後八十年の歳月は決して短かすぎたとは言えない。にもかかわらず、近代文化の伝統を確立し、自由な批判と柔軟な良識に富む文化層として自らを形成することに私たちは失敗して来た。そしてこれは、各層への文化の普及滲透を任務とする出版人の責任でもあった。

一九四五年以来、私たちは再び振出しに戻り、第一歩から踏み出すことを余儀なくされた。これは大きな不幸ではあるが、反面、これまでの混沌・未熟・歪曲の中にあった我が国の文化に秩序と確たる基礎を齎らすためには絶好の機会でもある。角川書店は、このような祖国の文化的危機にあたり、微力をも顧みず再建の礎石たるべき抱負と決意とをもって出発したが、ここに創立以来の念願を果すべく角川文庫を発刊する。これまで刊行されたあらゆる全集叢書文庫類の長所と短所とを検討し、古今東西の不朽の典籍を、良心的編集のもとに、廉価に、そして書架にふさわしい美本として、多くのひとびとに提供しようとする。しかし私たちは徒らに百科全書的な知識のジレッタントを作ることを目的とせず、あくまで祖国の文化に秩序と再建への道を示し、この文庫を角川書店の栄ある事業として、今後永久に継続発展せしめ、学芸と教養との殿堂として大成せんことを期したい。多くの読書子の愛情ある忠言と支持とによって、この希望と抱負とを完遂せしめられんことを願う。

一九四九年五月三日

幽落町おばけ駄菓子屋

蒼月海里

妖怪と幽霊がいる町へようこそ

このたび晴れて大学生となり、独り暮らしを始めることになった僕――御城彼方《みじょうかなた》が紹介された物件は、東京都狭《はざ》間《ま》区幽落町《ゆうらくちょう》の古いアパートだった。地図に載らないそこは、妖怪が跋扈《ばっこ》し幽霊がさまよう不思議な町だ。ごく普通の人間がのんびり住んでいていい場所ではないのだが、大家さんでもある駄菓子屋“水無月堂《みなづきどう》”の店主・水《み》脈《お》さんに頼まれた僕は、死者の悩みを解決すべく立ち上がってしまい……。ほっこり懐かしい謎とき物語！

角川ホラー文庫

ISBN 978-4-04-101859-0

幽落町おばけ駄菓子屋

思い出めぐりの幻灯機

蒼月海里

おばけの皆さん、お悩み解決します。

東京の有楽町と間違えて、おばけの町——幽落町に引っ越した僕・御城彼方《みじょうかなた》。生身の人間なのに“あの世”と“この世” の中間の不安定な存在として、この町で1年間暮らさなければならなくなった僕は、大家さんでもある龍の化身の水脈《みお》さんに助けられながら、毎日を過ごしていた。そして今日も、水脈さんの営む駄菓子屋“水無月堂《みなづきどう》”には、悩みを抱えた“人ならざる者”が救いを求めてやって来る……。心温まる謎とき物語、第2巻！

角川ホラー文庫

ISBN 978-4-04-101860-6

幽落町おばけ駄菓子屋

夏の夜空の夢花火

蒼月海里

おばけの夏、日本の夏。

黄昏と境界の街、幽落町に夏がやってきた。訳あって1年間限定で、おばけや妖怪たちと同じ“常世《とこよ》の住人”になってしまった僕・御城彼方《みじようかなた》も、大学に入って初めての夏休みを満喫していた。さっそく駄菓子屋“水無月堂《みなづきどう》”店主の水脈《みお》さんと、隅田川の花火を見に行く約束をするものの、花火大会当日はあいにくの悪天候で……。水脈さんの飼い猫・猫目《ねこめ》ジローさんの切ない過去も明らかになる、ほっこりやさしい謎とき物語、第3巻！

角川ホラー文庫

ISBN 978-4-04-102818-6

幽落町おばけ駄菓子屋

たそがれの紙芝居屋さん

蒼月海里

おかえり。なつかしいこの場所へ。

秋が深まり、アヤカシの住む幽落町にも冬が近づいてきた。次の春までの期間限定で、渋々ながら常世《とこよ》の住人になったはずの御城彼方《みじょうかなた》も、下宿アパートの大家さんで駄菓子屋“水無月堂《みなづきどう》”の店主でもある水脈《みお》さんや、その仲間たちとの生活に、すっかり馴染んでいた。そんなある日のこと、彼方は池袋の公園で、水脈さんの過去を“印旛《いんば》沼《ぬま》の龍の昔話”として子供らに語って聞かせる謎の紙芝居屋さんと出会って……。シリーズ第４巻！

角川ホラー文庫

ISBN 978-4-04-102817-9

幽落町おばけ駄菓子屋

春まちの花つぼみ

蒼月海里

「さよなら、幽落町」別れと出会いの物語。

新しい年が明けた。冬から春に向かうにつれ、御城彼方《みじょうかなた》の心にはチクチクと棘《とげ》のように刺さるものがある。それは幽落町での生活のこと。去年の春、彼方は生身の人間でありながら常世《とこよ》の住人になった。でも、その契約期間は1年。約束の期限がもうすぐ切れようとしているのだ。下宿アパートの大家で駄菓子屋“水無月堂《みなづきどう》”店主の水脈《みお》さんは、生者の彼方がこれ以上、常世の幽落町にいてはいけないと言うけれど……。シリーズ第5巻！

角川ホラー文庫

ISBN 978-4-04-102816-2

ISBN 978-4-04-104604-3

幽落町おばけ駄菓子屋

春風吹く水無月堂

蒼月海里

いなくなってしまうの？　水脈さん！

迷子になった少年が手にする、観覧車が写る古い写真に遺された曾祖父の想い。鷽替え神事で賑わう亀戸辺りに現れた廃線になった都電の未練。そうしたアヤカシたちの憂いをはらす水脈《みお》の前に、故郷印旛沼から龍王の使者が現れる。彼の罪が赦されたので連れ戻しに来たという。それを聞いて慌てる彼方《かなた》たち。水脈は幽落町からいなくなってしまうのか？　大人気シリーズ、ついに最終巻！（特別かき下ろし「幽落町」風景画収録）

角川ホラー文庫

ISBN 978-4-04-105484-0

幽落町おばけ駄菓子屋 異話 夢四夜

蒼月海里

黒猫ジローと水脈さん、「運命のであい」

優しかった飼い主が亡くなり、保健所に連れて行かれそうになって家から逃げだした、一匹の黒猫。街をさまよい大怪我を負った猫の命を救ったのは“水脈《みお》”と名乗る美しい人だった。「幽落町」シリーズの人気キャラクター猫目《ねこめ》ジローの、水脈との出会いや新しい家族になっていくまでを描く。他に都築《つづき》と忍《しのぶ》のふたり旅で遭遇した恐怖の一日、水脈がジローや真夜《まや》と共に“ある人”を訪ね「華舞鬼町」にやってきた話など、待望の短編集。

角川ホラー文庫

ISBN 978-4-04-106049-0